Christoph Mauz

Ein Werwolf kehrt heim

Illustrationen
Eric Schopf

In der Reihe „Die Wurdelaks" bis jetzt erschienen:
Blut ist kein Himbeersaft ISBN 978-3-7074-1141-6

www.ggverlag.at

ISBN 978-3-7074-1233-8

In der neuen Rechtschreibung 2006

1. Auflage 2010

Printed by Brüder Glöckler, Wöllersdorf

© 2010 G&G Verlagsgesellschaft mbH, Wien
Alle Rechte vorbehalten. Jede Art der Vervielfältigung, auch die des
auszugsweisen Nachdrucks, der fotomechanischen Wiedergabe sowie
der Einspeicherung und Verarbeitung in elektronische Systeme, gesetzlich ver-
boten. Aus Umweltschutzgründen wurde dieses Buch auf chlorfrei gebleichtem
Papier gedruckt.

Inhalt

Wissenschaftliches Vorwort von
Professor Titus Korschinak-Ramirez   8

Festung Peterwardein (heute Stadtteil von Novi Sad),
Vojvodina, 5. August 1716   14

Die Flucht   18

294 Jahre und eineinhalb Monate später: Wien, zweiter Bezirk,
Hubert-Landei-Hof, Stiege 11, dritter Stock, Tür 13   26

Probetraining   32

Der Trainer Kratochwil   38

Vollmond in der Schlucht   46

Es ist ein Bübchen?   52

Jausenzeit   55

Super, Gscherter!   59

Möpsi auf großer Fahrt   70

Frau Helsingers Plan   73

Ein Werwolf kehrt heim   76

Wau!   80

Vor dem Schlagerspiel   86

Zweite Halbzeit   94

Ein paar Wochen später   99

Wissenschaftliches Vorwort
von Professor Titus Korschinak-Ramirez

Der Vampir und seine Haustiere

Nun darf ich erneut und schon wieder ein wissenschaftliches Vorwort zu einem entzückenden Büchlein schreiben. Andere Kolleginnen und Kollegen wären versucht, lautstark „Hurra!" zu brüllen. Ich halte mich jedoch mit solchen Kindereien und Torheiten nicht lange auf und rufe den Leserinnen und Lesern eben dieses bezaubernden Büchleins einfach zu: „Wohlan, frisch ans Werk!" Immer wieder fragen mich nämlich meine Studenten: „Herr Korschinak-Ramirez, haben die Vampire denn Haustiere?" Und wieder kann ich nur mit den Augen rollen, den Schnurrbart zwirbeln, meine hohe Stirn in Falten legen und dem jungen, rehäugigen Menschen, der da vor mir steht, zuknurren: „Ja, natürlich! Warum sollen denn ausgerechnet Vampire keine Haustiere haben. Marsmenschen, Seifenopernstars, Buttenzwerge und sogar die viel beschäftigten Nasenbohrer und Hosenträger haben Haustiere. Ich persönlich habe einen Vogel! Und außerdem heißt es ‚Herr Professor Korschinak-Ramirez', Sie Schafskopf!" Auch bei der Haustierhaltung unterscheiden wir tunlichst zwischen dem Vollvampir (Homo Flatterans Schnappensis) und dem Halbvampir (Taggeher).

Der Vollvampir und seine Haustiere

Der Vollvampir[*] hält sich Haustiere aus drei Gründen: Zur Dekoration, zur Abschreckung und als Wachorgan. Als Haustier bevorzugt der Vollvampir gezähmte Drachen, Basilisken, Riesenspinnen, Wildschweine und gut genährte Exemplare der Gattung Gürteltier. In Texas lebende Vampire nennen das Gürteltier auch „Armadillo". Das nur zur Information, falls sie einmal in Texas einem Vampir begegnen und sich aus Gründen der Höflichkeit nach dem Befinden seines Gürteltieres erkundigen wollen. Werwölfe lehnt der Vollvampir als Haustier ab, weil der Werwolf nur bei Vollmond zu gebrauchen ist und sonst seine Zeit damit verbringt, zu schlafen und, in raren wachen Momenten, dem Vollvampir die „Haare vom Kopf" zu fressen.

Die gezähmten Drachen setzt der Vampir unter tags, also wenn er schläft, vor sein Schloss, seine Burg, sein Reihenhaus oder einfach seine Wohnungstür. Während der Nächte fliegt

---

[*] Nähere Informationen zum Vollvampir entnehmen Sie bitte dem Buch „Die Wurdelaks: Blut ist kein Himbeersaft" von Christoph Mauz, erschienen ebenfalls im G&G Verlag. Auch findet man in diesem hinreißenden Büchlein nähere Informationen zum Halbvampir! Anm. von Prof. Titus Korschinak-Ramirez

der Drache in dekorativen Schleifen rund um das Schloss, die Burg, das Reihenhaus oder die Wohnungstür, um gierige Einbrecher, eifernde Vampirjäger und heulende Filmproduzenten abzuschrecken. Gefüttert wird der Drache mit Chilischoten, Feuerzeugbenzin und einem Müsli aus Feuersteinen, Tabascosauce, Schwefelpulver und Ziegenmilch. Der gezähmte Drache ist genügsam, kann jedoch, wenn er von eher kleiner Statur ist, zu gesteigerter Nervosität neigen.

Der Basilisk ist ein, vor allem aufgrund seiner unbeschreiblichen Hässlichkeit, begehrtes, jedoch sehr seltenes Haustier, da er eher kompliziert zu halten ist. Man benötigt nämlich einen tiefen Brunnen und darf den Basilisken nicht direkt anschauen, da man sonst zu Stein erstarrt. Beliebt ist der Basilisk vor allem wegen seiner sentimentalen Gesänge und seiner abschreckenden Wirkung. Zu Stein erstarrte Einbrecher, Vampirjäger und Filmproduzenten sind im eventuell vorhandenen Garten außerdem sehr dekorativ. Blöd ist es allerdings, wenn das Herrchen oder das Frauchen versehentlich versteinert. In diesem Fall muss der Basilisk fatalerweise verhungern.

Riesenspinnen gelten als der Klassiker unter den Haustieren für Vollvampire. Sie sind völlig anspruchslos, hängen völlig unkompliziert von der Decke, ihre Netze geben dem Innenraum der Vampirbehausung einen unheimlichen Charme, und sie vertilgen Unmengen von Ungeziefer. Gerne werden Riesenspinnen von ihren Halterinnen und Haltern mit Lametta behängt, das macht sie noch schicker, und sie gemahnen ihre Besitzerinnen und Besitzer das ganze Jahr daran, dass Weihnachten sicher wiederkommt; außerdem können sie so auch als Discokugel eingesetzt werden, wenn der Vampir einmal eine Party feiern möchte.

Wildschweine sind vor allem als Wachorgane beliebt. Sie sind von imposanter Statur und haben eine sehr durchdringende und laute Stimme. Beliebt ist vor allem die Gattung Vampirwildsau, Modell Carlotta Zwo. Blöderweise muss dazu ein freiwilliger Vampir ein Wildschwein beißen. Leider ist es sehr schwer, hierfür Freiwillige zu finden.

Gürteltiere werden in unseren breiten eher selten als Haustiere gehalten, die Vampire, die sich jedoch für ein Gürteltier als Gefährte entschieden haben, sind restlos begeistert und loben die Treue, den Appetit und die tänzerische Anmut der Tiere. Auch sind Gürteltiere sehr gelehrig, lernen sehr schnell die Ausführung des Befehls „Fass!". Aufgrund angeborener Kurzsichtigkeit verfehlt das Gürteltier jedoch sehr oft das Ziel und Herrchen oder Frauchen müssen selber kraftvoll zubeißen.

Der Halbvampir und seine Haustiere

Auch der Halbvampir ist sehr oft mit vier- oder auch mehrbeinigen Freundinnen und Freunden anzutreffen. Jedoch gibt es für den Halbvampir noch zwei andere Gründe, warum er sich Tiere hält. Knuddel- und/oder Streichelbedürfnis und sehr oft: Hunger! Zuerst wollen wir uns mit dem Knuddel- und/oder Streichelbedürfnis beschäftigen. Werwölfe sind zum Beispiel bei alleinstehenden Halbvampiren beliebt, da die meisten Werwölfe, wenn nicht gerade Vollmond ist, pausbäckige, lebfrische Burschen oder Dirndln – wie Sie und ich – sind und der Halbvampir als sehr kinderfreundlich gilt und auch gerne jemanden füttert. Werwölfe haben eine ähnlich lange Lebenserwartung wie Halbvampire, sie können also sehr alt werden und sind deswegen die idealen Lebensbegleiter für kinder- und auch tierfreundliche Halbvampire. Man muss allerdings rechtzeitig darauf achten, dass der Werwolf stubenrein wird, denn auch für Werwölfe gilt das Sprichwort: „Was Hänschen nicht lernt, lernt Hans nimmermehr!"

Kommen wir nun zum Hunger als Grund für die Haustierhaltung: Wie wir wissen, müssen Halbvampire zwar Blut zu sich nehmen, aber es muss kein menschliches sein. Blutwurst, zum Beispiel, ist bei Halbvampiren sehr beliebt. Am besten mit Kren, einem Estragonsenf und einem scharfen Ölpfefferoni ... oh, ich muss plötzlich sabbern, wie peinlich ... äh ... nun ja, zurück zum Text. Um nicht nur von Blutwurst zu leben, züchten viele Halbvampire Insekten, Spinnen, Nacktschnecken und ähnliches Getier. Dazu verwenden sie handelsübliche Gurkengläser, kleine Glashäuser oder Terrarien, die von Halbvampiren im Zoofachhandel erstanden und liebevoll eingerichtet werden. Denn: „Bis zu seinem Verzehr soll sich das Tier sauwohl fühlen!", denkt sich der Halbvampir, bevor ihm das Wasser im Mund zusammenläuft und er genussvoll einen Käfer, eine Spinne oder eine Nacktschnecke in demselben verschwinden lässt.

Nun darf ich mein Vorwort beenden, den Leserinnen und Lesern dieses entzückenden Büchleins viel Spaß wünschen und darf Ihnen noch zurufen:

„Verachtet mir den Nacktschneck nicht,
schon gar nicht als ein Leibgericht!
Dazu ein Schluckerl Apfel-Spritz
und als Beilag nur Pommfritz!"

Stets der Ihre
Professor Korschinak-Ramirez
Nach Diktat auf Diät

Festung Peterwardein (heute Stadtteil von Novi Sad),

Vojvodina, 5. August 1716

Vladimir Wurdelak hat heute nicht nur ein, sondern gleich mehrere Probleme am Hals.

Erstens ist Krieg. Geschützdonner hallt über die gesamte Festungsanlage Peterwardein, es riecht nach Pulverdampf und das Kampfgeschrei tönt gefährlich nahe an sein Ohr. Es staubt, kracht, pfeift und der letzte Einschlag einer Kanonenkugel war gefährlich nahe der kleinen Schenke „Zur alten Bibliothek", die Vladimir betreibt.

Zweitens ist es die „Janitscharenkapelle" des angreifenden osmanischen Heeres, die Vladimir Wurdelak den letzten Nerv zieht. Nichts gegen die Musik, die fände er in Friedenszeiten durchaus mitreißend. Aber stundenlang das gleiche Lied, vorgetragen mit extrem hoch gestimmten Blasinstrumenten und hypnotischer Hopsassa- und Tschinderassabum-Trommelbegleitung ist irgendwie nervig, aber das ist wohl der Sinn dieser Art von Musik.

Drittens Sohn Goran und seine Verlobte Hertha. Vladimir ist gegen diese Verbindung, da Hertha ein normaler Mensch ist und keine Idee hat, dass mit Goran etwas nicht stimmt. Nur damit keine Missverständnisse aufkommen. Vladimir hat nichts gegen normale Menschen, überhaupt nicht. Vor ein paar hundert Jahren war er selber noch normal, bevor er vom Nachbarsjungen Janos im Streit gebissen wurde, dessen Vater blöderweise Graf Klobo von Klobasic war, ein seinerzeit legendärer Halbvampir und Feinschmecker. Und genau deswegen weiß er auch, was es für eine Bürde sein kann, wenn man nicht normal ist, wenn man eben kein Mensch ist, sondern ein Vampir. Und deswegen hat Vladimir gestern auch furchtbar mit seinem Sohn Goran gestritten und von ihm verlangt, sich sofort von Hertha zu trennen. Fürchterlich war der Streit, fürchterlich laut. Irgendwann spätabends ist Goran einfach wutentbrannt davongestampft und hat seinen Vater zornrot und bebend zurückgelassen. „Wenn du mich suchst, ich bin bei der Hertha und werde bald mit der Hertha über alle Berge sein!", hat Goran zum Abschied noch gebrüllt. Aber dem ist nicht genug. Goran ist seitdem wirklich wie vom Erdboden verschluckt.

Viertens ist es Möpsi, sein getreuer Werwolf, der heulend und zähneklappernd unter einem Tisch kauert und sich fürchtet. Was Vladimir nicht wundert, denn schließlich ist Krieg und wer sich im Krieg nicht fürchtet, der hat wahrscheinlich nicht alle Tassen im Schrank. Außerdem ist auch keine

Vollmondnacht. Deswegen schaut Möpsi auch nicht wie ein Werwolf aus, sondern wie ein dicklicher, lockiger Knabe mit braunem Haar und dunkelbraunen Augen und roten Backen und somit ist die ganze Situation noch weniger verwunderlich.

Vladimir Wurdelak läuft hektisch im Gastzimmer seiner Schenke auf und ab und kaut an seinen Fingernägeln, weil er besorgt auf die Rückkehr seines Sohnes Goran wartet. Vladimir weiß nämlich, dass es in seinem Weinkeller eine Tür gibt, und dass diese Tür zu einem geheimen Gang führt, der, unter den Belagerern hindurch, in die Donauauen führt. Dorthin, wo die schlimmsten Feinde höchstens die vielen Gelsen sind. „Gelsän!", seufzt Vladimir Wurdelak und leckt sich die Lippen. „Gelsän sind wie gefüllte Konfäktschokoladä! Ist fast Götterspeisä!" Ein gewaltiger Donnerschlag reißt ihn aus seinen Gedanken, Verputz fällt von der Zimmerdecke, das Gebäude wackelt bedrohlich. Diese Kanonenkugel hat Vladimirs Wirtshaus nur knapp verfehlt. Möpsi wimmert ängstlich. „Joi!", ruft Vladimir, „das war knapp!" Er kauert sich zu Möpsi unter den Tisch. Er hofft, dass Goran doch noch nach Hause kommt, damit er ihn, sich selber und Möpsi in Sicherheit bringen kann. Vladimir ist in großer Sorge. War er zu unnachgiebig? „Ich wartä noch halbä Stundä, dann gehän wir. Ich und Möpsi!" Wieder pfeift es und wieder kracht es! Dieses Mal fallen sogar einige Ziegel aus der Wand. „Noch einä halbä Stundä, dann müssän wir gehän, Möpsi!", überbrüllt Vladimir den Geschützdonner, der immer näher herandröhnt. Möpsi verkriecht sich hinter seinem Herrchen, das ihn mit einem Stück kalten Braten beruhigt. Nun schmatzt und singt Möpsi begeistert vor sich hin. Von der Gasse hört Vladimir die wüsten Flüche der zurückweichenden Verteidiger. Zum dumpfen Grollen der schweren Geschütze mischt sich jetzt der eher helle Klang schießender Musketen und Vorderlader. Der Krieg ist nun bedrohlich nahe an die Schenke „Zur alten Bibliothek" herangerückt. Noch einmal blickt Vladimir hoffnungsvoll zur schweren Eichentür. Dann gibt er sich einen Ruck: „Hat keinän Zweck! Möpsi, wir gehän!", ruft Vladimir und läuft geduckt zur Kellerklapptür, die sich in der Mitte des Gastzimmers befindet. Gerade als er die Klappe zum Weinkeller hochgehoben und die Tür mit einer Stütze fixiert hat, öffnet sich die Eingangstür mit einem lauten Krachen. Die Gaststube füllt sich mit Staub. In der Tür steht Goran. Er blutet aus einer Wunde über dem rechten Auge und aus der Nase, sein Gesicht ist schmutzig-schwarz von Pulverdampf und Rauch. In seinen Armen trägt er die ohnmächtige Hertha.

„Ich komme mit dir, Vater, aber nicht ohne meine Hertha!"
Vladimir Wurdelak kämpft mit den Tränen, aber er schafft es,
seine Fassung zu bewahren. „Wenn es sein muss!", brummt er
und schnäuzt sich unauffällig in seinen Hemdsärmel. „Möpsi,
wir gehän!", ruft er noch und pfeift seinem Werwolfbübchen.
„Ich nehme Laternä!" Dann hält er inne. „Was ist mit Hertha?", fragt er. „Sie muss selber laufen, der Weg ist langä,
tragän geht nicht!"

Vorsichtig legt Goran Hertha auf den Boden des Gastzimmers. „Wir brauchen einen Eimer mit Wasser!", ruft Goran
und runzelt besorgt die Stirne.

Die Flucht

Vladimir läuft vor sich hinschimpfend in den Innenhof zum
Brunnen. Plötzlich pumpert es sehr laut und forsch an die
Tür. Goran wird bleich. Dann brüllt jemand sehr laut in einer
fremden Sprache. „Vater, beeil dich!", schreit Goran. „Die Os-
manen stehen vor der Tür!"

Vladimir schnauft mit einem Eimer Brunnenwasser in die
Gaststube und ruft in Richtung Tür: „Bittä, ist niemand zu
Hausä, bittä!"

Das Pumpern hört auf und jemand ruft: „Entschuldigung!"

„Keinä Ursachä", ruft Vladimir. „Sind höfliche Osmanän!", erklärt er seinem fassungslosen Sohn.

Nach einem Moment der Stille wird das Pumpern heftiger und das Gebrüll vor der Tür fordernder.

„Super, Papa!", ärgert sich Goran. „Jetzt wissen die, dass wir da drinnen sind!"

Vladimir Wurdelak wird rot, dann schüttet er Hertha wortlos das Wasser ins Gesicht. Und während Hertha prustend aus ihrer Ohnmacht erwacht, ist er schon dabei, die Eingangstür zusätzlich mit Tischen und Stühlen zu verrammeln. „Nix wie weg!", schreit Vladimir und stürzt zu dem Loch im Fußboden, welches den Eingang zum rettenden Geheimgang darstellt. Und dann verschwinden alle zusammen im Weinkeller. „Der Letztä schließt Tür!", ruft Vladimir nach hinten und Möpsi tut, wie ihm geheißen. Im Weinkeller zündet Vladimir mit der Kerze aus der Laterne weitere Kerzen an. Wenn man nicht dumpfen Kampfeslärm hören würde, es wäre direkt gemütlich zwischen all den Fässern und Flaschen. Vladimir schnappt sich zwei Flaschen Wein. „Für Feier, falls wir kommen lebänd aus diesäm Krieg!" Dann gehen sie vorsichtig weiter, immer tiefer in den Keller hinein, bis der Krieg nur mehr ein leises dumpfes Grollen ist. Plötzlich bemerkt Vladimir, dass der Weg nun leicht bergauf geht. „Bald sind wir beim Ausgang!", flüstert er keuchend, da er seit einiger Zeit den schnaufenden Möpsi trägt. Er legt Möpsi vorsichtig auf den Lehmboden, worauf dieser sofort laut zu schnarchen beginnt. Dann bittet er Hertha und Goran, ihm zu folgen. „Wir suchän jetzt Ausgang, bittä!", flüstert Vladimir den beiden zu. „Möpsi soll derweil weiterschlafän, er hat sich sähr aufgerägt!"

Schweigend gehen die drei weiter: zehn Minuten, eine Viertelstunde. Dann gelangen sie zu einer Leiter. „Da muss es sein, Vater!", ruft Goran und umarmt übermütig seine Braut. „Wir sind gerettet!"

Vladimir Wurdelak nickt. „Ich hole Möpsi! Ihr wartät!", ordnet er an, schnappt sich die Laterne und verschwindet im dunklen Gang. Nach wenigen Minuten ertönt ein ohrenbetäubender Krach und einige Sekunden später werden Goran und Hertha von einer gewaltigen Staubwolke eingehüllt. Goran und Hertha hören nach einigen weiteren Sekunden nur ein lautes „Zappermänt!". Dann ist es ruhig. Gespenstisch ruhig. Ein paar Minuten später hören Goran und Hertha ein heiseres Husten. Dann tönt es wieder „Zappermänt! Schimmäl,

Barsch und Kochsalat!" durch den dunklen Gang. Nach einigen bangen Momenten sehen Goran und Hertha einen hin- und herwankenden Lichtpunkt.

„Vater!", ruft Goran besorgt. Aber der Lichtpunkt antwortet nicht, dafür hustet er lautstark und krachend. „Vater!", ruft Goran noch einmal.

„Herr von Wurdelak!", versucht es Hertha.

„Schmarrn, elendigär!", antwortet der Lichtpunkt, der immer größer wird.

„Es ist mein Vater!", ruft Goran erleichtert. Endlich taucht ein völlig verdreckter und verstaubter Vladimir Wurdelak aus dem Dunkel des Tunnels auf. „Wo ist der Möpsi?", erkundigt sich Goran.

Plötzlich rinnen dicke Tränen über die Wangen von Vladimir Wurdelak. „Armä Möpsi! Liegt eingeschlossen hintär Geröll und Gestein, aber er lebt, weil er heult und jammärt und schreit nach Wurst, aber wir müssän sofort weg, keine Zeit für die Befreiung von meinäm armän Möpsi!"

Goran klopft seinem Vater auf die Schulter. „Du hast Recht, wir müssen weg! Richtung Donau!"

Hertha Wurdelak schüttelt den Kopf: „Aber wir können das arme Bübchen doch nicht schutzlos zurücklassen!"

Vladimir Wurdelak schluchzt: „Es gibt da so einigäs, was Sie nicht wissän über uns Wurdelaks, Fräulein Hertha!" Er schnäuzt sich wieder, dieses Mal in den anderen Ärmel. „Abär, wenn Sie meinen Goran heiratän wollen, dann werden Sie wissän müssän!", knurrt er, nachdem er sich wieder halbwegs gefangen hat. Goran strahlt erleichtert, aber sein Vater knufft ihn in die Seite. „Alläs zu seinär Zeit! Möpsi wird machän seinän Weg, Bub!", ruft er Goran aufmunternd zu und erklimmt die wackelige Leiter.

„Der Möpsi ist rund und kräftig, der schafft das!", ruft Goran und folgt seinem Vater.

„Die Wurdelaks haben schon einen gewaltigen Huscher!", denkt sich Hertha und folgt Goran; aus Liebe und weil es nun sowieso kein Zurück mehr gibt.

Vorsichtig drückt Vladimir Wurdelak die Klapptür nach oben. Das helle Licht brennt in seinen empfindlichen Augen nun doppelt, weil es im Keller und im geheimen Tunnel so angenehm dunkel war. Vladimir braucht einige Zeit, bis er klar sieht. Er sieht vor sich Bäume und er hört hinter sich Geschrei, Pferdegewieher und -getrappel, Trompeten und entfernten Geschützlärm. Als eine verirrte Musketenkugel pfeifend und sehr knapp vor Vladimir Wurdelaks Gesicht ins Gras einschlägt, schließt er rasch die gut getarnte Klappe wieder. „Ist bessär wir wartän bis Dunkelheit! So habän wir auch Zeit, um zu erklären, auf was sich Fräulein Hertha einlässt, wenn sie Goran heiratät!"

Hertha sieht Vater und Sohn Wurdelak mit großen Augen an und ruft: „Na, da bin ich jetzt aber neugierig, meine Herren!"

Vladimir Wurdelak setzt sich auf den Lehmboden. Aus seiner Jackentasche holt er noch zwei Stumpenkerzen. „Damit wir ein Licht habän!", seufzt er. Aus seiner anderen Jackentasche zieht er einen kleinen Lederbeutel. „Was zu knabbärn, getrocknete Schabän, mit bisserl Salz und Paprikapulver, sähr fein!"

„Na, sehr super!", denkt sich Hertha und zieht ein gewaltiges Schnoferl*.

„Schmackofatz!", ruft Goran und erhält dafür von seinem Vater einen strafenden Blick.

„Red nicht so kreuzblöd daher!", knurrt Vladimir. Dann wendet er sich an Hertha. „Es ist nämlich so, Fräulein Hertha, die Wurdelaks sind eh ganz normalä Leutä, nur halt ganz normalä, Vampire, also Halbvampire, um genau zu sein! Ich finde, Sie solltän das wissän …

---

* Wenn in Österreich jemand ein „Schnoferl zieht", würde er in Deutschland einen „Flunsch ziehen". Anm. d. Autors

294 Jahre und eineinhalb Monate später: Wien, zweiter Bezirk, Hubert-Landei-Hof, Stiege 11, dritter Stock, Tür 13

„Vladimandi, dein Tee ist fertig!", zwitschert es, sehr früh am Morgen, aus der Wurdelak-Küche. „Ich kommä gleich Annaschatzimädäl!", jauchzt es postwendend aus dem Kabinett. „Ich kann den Tee schon riechän, Puzikam!"

Hertha Wurdelak fährt aus dem Bett hoch. „Aus! Ich kann nicht mehr! Keinen Tag länger!", grunzt sie schlafgrantig. Sie rüttelt ihren Gatten wach, der an seinem freien Tag gerne noch ein wenig geschlafen hätte.

„Was ist denn los, Hertha?", keucht Goran Wurdelak noch nicht ganz munter.

Hertha knurrt gefährlich: „Dein Vater und die Anna! Die sind schon wieder los! Mitten in der Nacht!"

Goran Wurdelak setzt sich seine Brillen auf und studiert eingehend die Anzeige vom Radiowecker. „Halb sechs!", verkündet er sachlich. „Früher Vogel fängt den Wurm!" Hertha Wurdelak sinkt genervt auf ihre Polster zurück. Sie schnauft: „Prinzipiell hab ich nix gegen Würmer, vor allem wenn sie frisch sind! Aber so zeitig kann mir Nahrung eher gestohlen bleiben!"

Nun beginnt es auch noch im Kinderzimmer zu rumoren. Gar nicht lieblich wummern gar nicht leise Bässe einer Techno-

nummer ins elterliche Schlafzimmer. „Ludmilla, bist deppert?",
empört sich Franz Josef Wurdelak, der jüngste Familienspross.
„Gusch, du kleiner Spießer!", keift Ludmilla zurück.
„Maaaaaamaaaaaaa!", brüllt Franz Josef.
Hertha Wurdelak verkriecht sich unter der Decke. „Das ist
echt der Beschiss zum Morgengrauen!", denkt sie und sehnt
sich nach einer einsamen Insel mit Palmen, Sandstrand und
mit Möwengeplärr und Meeresrauschen als einzigem Lärm.
Hertha zählt langsam bis zehn, dann kriecht sie unter der
Decke hervor, setzt ihr schönstes Haifischgrinsen auf, wirft
ihre Füße aus dem Bett und erhebt sich. „So, jetzt pick ich
meinen Nachwuchs an die Wand!", erklärt sie ihrem Gatten,
der daraufhin ein Gesicht aufsetzt, als würde man ihm einen
Dolch an die Brust halten. „Hertha, ich bitt dich!", keucht er
mit schwacher Stimme. Doch Hertha ist nicht mehr aufzu-
halten. Mit lautem Krach schlägt sie die Schlafzimmertür zu
und stürmt ins Kinderzimmer. Was Hertha genau zu ihren
Kindern sagt, das kann man nicht verstehen, aber es muss
sehr laut sein. Der Orkan, der Herthas Namen trägt, dauert
nur einen kurzen Moment, dann ist es ruhig.

„Herthamädäl, ist dir was?", zirpt Opa Vladimir vorsichtig, dann bläst er betont auffällig in seinen Tee. „Kinderl, reg

dich nicht auf! Iss ein Butterbrot!", trompetet Anna Zissersdorfer, Opas Verlobte. „Morgenstund hat Gold im Mund!"

Hertha beginnt am ganzen Leib zu zittern, ihre Ohren legen sich zurück, die Finger verformen sich zu Krallen, reflexartig werden ihre Eckzähne lang und spitz. Ihre Augen sprühen gefährlich. Da läutet es an der Tür, blitzschnell dreht sich Hertha um und flitzt irre kichernd zur Wohnungstür. Vladimir Wurdelak und Franz Josef stürzen ihr nach. Kurz bevor die fauchende und kichernde Hertha die Tür erreicht hat, gelingt es Opa und Franz Josef, Hertha ins Badezimmer zu bugsieren und dort einzusperren. Während Hertha im Badezimmer tobt und an der Badezimmertür kratzt, öffnet Opa Wurdelak die Wohnungstür.

Vor der Tür steht Frau Helsinger, bekleidet mit Morgenrock und lodenfarbenem Gamsbarthut. Frau Helsinger bebt vor Zorn. Der Gamsbart auf ihrem Hut bebt ebenfalls, und der fassförmige Hund Hermann röchelt, schnauft und knurrt zugleich. „Es ist bitte, es ist ein Skandal! Da geht's zu wie auf dem Balkan, bei Ihnen!", erregt sich Frau Helsinger. Ihr Gesicht verfärbt sich dunkelrot.

Opa Wurdelak schaut Frau Helsinger mit großen Augen an.

„Wie auf dem Balkan, bei die Balkaneser! Sie Gesindel!"

Frau Helsinger holt tief Luft. Diese Pause nützt Opa Wurdelak, um Frau Helsinger zu unterbrechen. „Leider geht es nicht zu wie auf dem Balkan gnädige Frau! Ist viel zu leisä! Abär wenn wir auf dem Balkan wären, ich würde mit Ihnän tanzän einän Kolo*! Das wäre ein Riesänspaß und gut für Kreislauf!"

Der Hund Hermann erregt sich dermaßen, dass er ein Lackerl macht. Frau Helsinger ignoriert das gekonnt und knurrt: „Ich werde mich über sie beschweren, bei der Gemeinde, beim Hausinspektor und überhaupt bei den Stellen und Behörden!"

Aus dem Badezimmer tönt es plötzlich heiser, aber gut hörbar: „Lasst sie mir, lasst sie mir, die Schreckschraube!"

Schnell schlägt Opa Wurdelak die Wohnungstür zu. Das ist zwar weder sehr klug noch sehr höflich, aber er weiß nicht, was er sonst hätte tun sollen. Insgeheim freut er sich aber über seine Schwiegertochter: „Hab ich immär schon gewusst! Hertha ist Prachtmädel!", denkt er sich. Dann geht er zurück ins Wohnzimmer, setzt sich zum Tisch und trinkt sehr bedächtig seinen Tee. Kurz darauf kommt Hertha wieder ins Wohnzimmer, sie ist wieder ganz „normal". „Ich mach Frühstück!", erklärt sie, so wie wenn nichts gewesen wäre.

„Gute Idee!", findet Franz Josef. „Wo ist denn der Papa?" Aus dem elterlichen Schlafzimmer kann man leises Schnarchen hören.

---

* Kolo ist ein Tanz aus Südosteuropa.

Probetraining

Das Frühstück ist, wie immer, nahrhaft und ermöglicht Franz Josef Wurdelak einen gesunden Start in den Tag. Kraft gibt so ein Frühstück außerdem obendrein.

Denn Kraft wird Franz Josef heute brauchen. Heute ist das Probetraining beim Fußballverein Elektra, zu dem ihn sein neuer Freund und Schulkollege Poidl eingeladen hat.

„Wird schon schiefgehen!", muntert Hertha ihren Sohn auf.

„Zeig denen, was du draufhast!", ruft Goran.

„Spiel, wie ich dir gelährt habä!", röhrt Opa und Anna ruft: „Lass dir nix gefallen!"

Ludmilla gähnt herzhaft und brummt: „Und stolpere nicht über deine Quadratlatschen!"

Weil es Franz Josef schon sehr eilig hat, in die Schule zu kommen, verzichtet er auf eine kleine Rempelei mit seiner Schwester, die heute erst um neun in der Schule sein muss, da in der ersten Stunde die Knaben turnen und die Schule nur einen Turnsaal hat und der Turnunterricht Knaben und Mädchen keusch trennt.

Der Schulweg führt Franz Josef über den Vorgartenmarkt.

Beim Marktstand der Frau Dragonerer, die auch diverses Süßzeug verkauft, wartet schon Freund Poidl und nuckelt begeistert an einem Erdbeerlolli. Wieder wundert sich Poidl, wieso Franz Josef nichts Süßes kauft. „Ich esse nie ... Erdbeerlollis!", erklärt Franz Josef zum zirka einhundertachtunddreißigsten Mal.

„Auch gut!", antwortet Poidl. „Bist du schon nervös, wegen heute Nachmittag?", erkundigt er sich nach etwa fünf Wegminuten und lässt genussvoll eine Kaugummiblase zerplatzen.

Franz Josef schüttelt den Kopf, obwohl er natürlich ein leichtes Bauchkribbeln verspürt. Nicht, dass er sich vor dem Probetraining fürchtet, schließlich ist Franz Josef, laut seiner alten Lehrerin Frau Kirschbaumer, ein Mordskicker, der noch dazu über eine Stimme „wie ein Glöckerl" verfügt.

Aber da sind die neuen Mitspieler. Was ist, wenn die noch viel mordsmäßigere Mordskicker sind als er? Was ist, wenn die obendrein auch noch alle Stimmen haben wie lauter Glöckerl? Was ist, wenn die anderen Mitspieler Franz Josef hänseln? Und was ist, wenn sich Franz Josef deswegen nicht beherrschen kann, zu schnappen beginnt und am Ende jemanden beißt. Das wäre echt deppert, depperter am deppertsten!

Poidl merkt, dass Franz Josef leicht bedrückt ist, aber er

geht nicht weiter drauf ein. „Wirst sehen, das sind lauter klasse Burschen! Aber du wirst halt um dein Leiberl kämpfen müssen, geschenkt wird dir bei uns nix!"

Franz Josef nickt. „Na, das will ich auch hoffen! Ich bin ja kein Weinberl!*"

Poidl klopft ihm auf die Schulter. „So ist es recht, bist eh ein Bursch!", brüllt er begeistert und dann schubst er Franz Josef übermütig durch das Schultor in die Schule.

Der Schultag verläuft ohne besondere Vorkommnisse, ein Diktat wird diktiert, Rechnungen werden gerechnet und die Kinder erfahren Interessantes über Äpfel, Karpfen und die Feuerwehr. Dann wird noch schnell eine Zeichnung gezeichnet und ein Lied gebrüllt und schon neigt sich der Schultag wieder seinem Ende entgegen.

In der Schule gibt es noch ein Mittagessen, bestehend aus einer gebratenen Knackwurst mit viel Gemüse, als Nachspeise Pudding und Hagebuttentee zum Trinken. Danach wird ein wenig im Hof getollt, nach der Tollerei werden noch schnell ein paar Dinge vom Vormittag wiederholt und danach ist der Nachmittag frei.

---

* Verkleinerungsform von der Weinbeere: Weichei, Kriecher, Schleimer. Das Zeitwort dazu wäre: sich (bei jemandem) einweinberln. Anm. d. Autors

Für Poidl und Franz Josef bedeutet das: Fußball, kicken, ballestern, bolzen, tschutten und was man sonst noch zum „Fußballspielen" sagen kann.

Eilig laufen die beiden Buben nach Schulschluss in Richtung Praterstern, zur U-Bahn, um mit der U2 zur Sportanlage des FS Elektra zu fahren. Während der kurzen U-Bahnfahrt berichtet Poidl von seinen Heldentaten, die er im Dress „der Elektra" schon vollbracht hat. Überhaupt seitdem er, aufgrund fehlender Körpergröße, nicht mehr im Tor steht, sondern der Trainer Kratochwil sein wahres Talent entdeckt hat: als Stürmer „mit der größten Goschen zwischen Scheibbs und Nebraska*".

---

* Die Stadt Scheibbs liegt in Niederösterreich, südlich der Donau, an der Erlauf. Nebraska ist ein Staat im Mittelwesten der USA. Die Redewendung bezieht sich auf ein sehr großes Mundwerk.

Der Trainer Kratochwil

Die Sportanlage des FS Elektra befindet sich im zweiten Bezirk in der Nähe des Dusika Radstadions in Sichtweite des Ernst-Happel-Stadions, dem größten Fußballplatz in Österreich. Die „U-12", also die Mannschaft der Spieler, die das zwölfte Lebensjahr noch nicht überschritten haben, drückt sich gerade die Nase an den hinter Glas ausgestellten Süßwaren in der Kantine platt, als Poidl mit Franz Josef ebenfalls die Kantine betritt. „Ah, da seid ihr ja alle, eh klar!", ruft Poidl übermütig, als er seine Mannschaftskollegen erblickt.

„Servus, Poidl!", wird Poidl von einem der Spieler begrüßt. „Wen bringst denn da mit?"

Poidl zeigt auf Franz Josef, der verlegen lächelt. „Ich heiß Franz Josef Wurdelak, bitte!"

Der Bub lacht: „Franz oder Josef? Was ist dir lieber?"

Franz Josef wird rot. „Am liebsten bitte wirklich Franz Josef, weil ich halt so heiß!"

Der Bub klopft Franz Josef auf die Schulter. „Na gut, Franz Josef! Ich heiß Kofi, aber beim Kicken bin ich der ‚Gschmeidige'!" Die beiden geben einander die Hand. „Gell, du bist nicht aus Wien?", erkundigt sich Kofi.

Franz Josef schüttelt den Kopf. „Ich komm aus Kleinwien, das ist bei Krems."

Kofi nickt. „Ich komm aus Owabi, das ist bei Kumasi und in Ghana!" Damit ist zunächst einmal alles gesagt.

„Was ist los mit euch? Wieso seid's ihr noch nicht in der Fußballpanier!", dröhnt eine laute Stimme durch die Kantine. „Gemma! Gemma! Kalt is net!" So „freundlich" angetrieben setzt sich die „U-12" des FS Elektra in Bewegung in Richtung Kabine.

„Das ist der Herr Kratochwil, unser Trainer! Hart, aber gerecht!", erklärt Kofi dem blass gewordenen Franz Josef.

Die Frau Lehrerin Kirschbaumer in Paudorf hat eine freundlichere Stimme gehabt.

„Ist der immer so?", erkundigt sich Franz Josef bei Poidl, der soeben die Kabinentür aufsperrt. Poidl nickt. Franz Josef schluckt. „Super!", denkt er sich und findet es in Wirklichkeit gar nicht super.

„Aber lernen tust echt was beim Kratochwil!", erklärt Poidl Franz Josef, während sie sich umkleiden.

„Super!", denkt Franz Josef und ist immer noch nicht wirklich begeistert – und als die Buben auf den Platz laufen, ist Franz Josef endgültig nervös.

39

Die Mannschaft stellt sich auf der Mittellinie auf. Trainer Kratochwil stolziert nun ebenfalls auf den Fußballplatz und stellt sich vor seiner Mannschaft auf. Auf den Zehen federnd, die Hände stramm hinter dem Rücken verschränkt, blickt er auf seine Schützlinge. Plötzlich bleibt sein Blick am immer noch blassen Franz Josef hängen. „Na, wen haben wir denn da?", knarrt Trainer Kratochwil. „Name!"

Franz Josefs Gesicht hat nun die Farbe von abgestandenem Grieskoch. „Frzjsf Wrdlk!", presst Franz Josef hervor.

„Bitte wie?", ruft Trainer Kratochwil.

„Er heißt Franz Josef, kommt aus Krems, und ich hab ihn mitgebracht!", ruft Poidl.

Trainer Kratochwil mustert nun Poidl. „Super, Abzwickter! Und wie heißt dein Haberer?"

Franz Josef nimmt seinen Mut zusammen. „Franz Josef Wurdelak! Aus Kleinwien bei Krems!", brüllt er.

Trainer Kratochwil grinst. Es wirkt nicht unfreundlich. „Sehr erfreut! Ab sofort bist bei mir der ‚Gscherte'!"

Franz Josefs Gesicht verfärbt sich blitzschnell paradeiserrot. Er kann sich nicht entscheiden, ob er weinen oder so wütend werden soll, dass er dem Trainer einmal zeigt, wozu so ein „gscherter" Halbvampir in der Lage ist.

„Zum Aufwärmen fünf Runden um den Platz, wenn ich klatsche, wird gesprintet!", ordnet Trainer Kratochwil an. „Gscherter, schwing die Wadln!"

In Franz Josefs Bauch kocht die Wut, zum Glück aber auf kleiner Flamme, da die Rennerei seiner kochenden Wut ausreichend Energie entzieht. Nach fünf Runden stellt sich die Mannschaft wieder im Mittelkreis auf. Keuchen ist zu hören.

Trainer Kratochwil stolziert vor seiner hechelnden Mannschaft auf und ab. „Bravo, Burschen!", lobt der Trainer seine Mannschaft. „Bei der Kondition, da werden die Hirschstettner am Sonntag aber schauen wie die Autos!"

Die Mannschaft lächelt zufrieden.

Trainer Kratochwils Lächeln wird eine Spur teuflischer. „Damit das aber auch sicher so sein wird, viermal die Breite im Hopserlauf hin und her. Wenn ich klatsche, ändert ihr die Richtung! Hopp!"

Langsam setzt sich die Mannschaft in Bewegung.

„Gemma! Gemma! Nur keine falsche Müdigkeit vortäuschen, ihr seid's eh noch jung! Hoppauf, Gscherter! Beweg deine Schläuch'!"

41

Franz Josef kriegt rote Ohren und legt einen Zahn zu. Er bemüht sich, seinen Zorn im Zaum zu halten, weil er ja weiß, was passiert, wenn er sich zu sehr aufregt. Aber es nützt nichts. Seine Wut wird immer größer und größer. Verzweifelt zählt Franz Josef innerlich bis zehn, aber schon bei sieben spürt er, dass sich seine Ohren anlegen. Gleich werden ihm die Haare zu Berge stehen und gleich darauf werden seine Eckzähne lang und spitz sein. Sein Puls rast und sein Atem wird immer schneller. Er beginnt zu knurren. Die Zähne sind bereits lang und spitz, die Fingernägel werden zu Krallen. Er stößt einen fürchterlichen Schrei aus. Wer ihm jetzt in die Quere kommen würde, der wäre arm dran.

Die anderen Buben bleiben stehen und beobachten den hüpfenden Franz Josef, der soeben einen wahren Veitstanz aufführt.

Blitzschnell rennt er von hier nach dort und von dort nach hier. Hinter sich eine riesige Staubwolke. Während des Laufens stößt Franz Josef seltsame, Furcht erregende Laute aus. Zeitweise bleibt er stehen und beginnt sich um die eigene Achse zu drehen, wobei er mit seiner überlangen Zunge gegen seine eigenen Backen klatscht. Das dabei entstehende Geräusch ist ausnehmend eklig. Da aber alles in einem Heidentempo vor sich geht, können die anderen Fußballer und Trainer Kratochwil zum Glück nicht alles bis ins kleinste Detail erkennen.

Nach fünf Minuten ist der Spuk vorüber und Franz Josef läuft mit hochrotem Kopf zu seinen Mitspielern, die ihn, mit recht, anstarren, als wäre er ein klein wenig seltsam.

Trainer Kratochwil erlangt seine Fassung als Erster wieder. „I werd narrisch! Gscherter, mit was füttern sie dich zu Hause?", erkundigt er sich.

Franz Josef hechelt, sein Gesicht ist knallrot. „Lauter super Sachen, Trainer! Was Ordentliches, halt!"

Trainer Kratochwil beschließt, Franz Josef als Stürmer aufzustellen. „Weil der Bursche, der rennt wie seinerzeit der Sirowatka Karli!*", murmelt der Trainer und holt ein paar Bälle, damit wenigstens ein bisschen gekickt wird, bei all der Rennerei.

---

* Jemanden wie den „Sirowatka Karli", den gibt es in jedem Fußballverein. Eine Legende, die außer einigen wenigen wahren Fans niemand mehr kennt, weil das schon sehr lange her ist, und überhaupt ... Anm. d. Autors

Vollmond in der Schlucht

In Kleinwien geht alles seinen gewohnten Gang. Kaum noch wer redet von den Wurdelaks. Im Wirtshaus oder beim Heurigen ist höchstens Opa Wurdelak noch hin und wieder Gegenstand von lustigen Erzählungen, die meistens mit den Worten „ein bisserl eigen war er schon, der alte Wurdelak!" enden.

Auch von Anna Zissersdorfer ist kaum noch die Rede. Die meisten Einwohner Kleinwiens glauben zu wissen, dass die Frau Zissersdorfer „halt ins Heim" gezogen ist, weil sie halt auch nimmer die Jüngste war! Tja, wenn die wüssten, die Kleinwiener!

Spät ist es geworden im Gasthaus Schickh. Der Chef und seine Kellnerinnen und Kellner sitzen nach dem Aufräumen und Abrechnen noch bei einem Glas Wein rund um den Stammtisch und lassen den Tag ausklingen.

Gemeinsam verkosten sie ausgiebig eine neue Tortenidee, die die Süßwarenspezialistin neu erfunden hat. Die Tortenidee schmeckt.

Es ist eine stürmische Herbstnacht. Es regnet. In der Ferne bellen zwei Hunde. Der Regen schlägt lautstark gegen das Wintergartendach. Alle sind ziemlich müde, es war ein langer Freitag und für den morgigen Samstag ist eine Hochzeitsgesellschaft angekündigt. Wenigstens gibt es eine gute Torte.

„Heute waren wieder ein paar anstrengende Kunden dabei!", seufzt Lotte, eine der Kellnerinnen, und zieht sich unter dem Tisch genussvoll die Schuhe aus.

Der Chef kichert. „Vollmond!", ist sein kurzer Kommentar. Dann heult er lautstark, wie ein Wolf.

Die Kellnerinnen und Kellner stimmen in das Geheul ein. Es tut gut, nach einem anstrengenden Tag ein wenig Dampf abzulassen.

Plötzlich ruft der Zahlkellner Eduard, genannt Ederl: „Pscht! Seid's leise, ich hör was!"

Nach und nach verstummen die Kolleginnen und Kollegen. In der nur mehr spärlich beleuchteten Gaststube wird es plötzlich ruhig. Gespenstisch ruhig.

Wuhuuhuhuuuu! tönt es aus dem Wald des Göttweiger Berges, der gleich hinter dem Gasthaus anfängt.

Der Chef will was sagen, aber Ederl bedeutet ihm zu schweigen. Ederl darf das, weil er schon sehr lange Zahlkellner bei Schickh ist. Er war schon im Haus, bevor der jetzige Chef seinen ersten Schrei als Baby getan hat.

Wuhuuhuhuuuuu! tönt es erneut.

Milli, eine der Abwäscherinnen, erbleicht. „Hund war das keiner!", sagt sie und hält sich sehr energisch an Xandl, dem Piccolo*, fest.

„Was denn?", kichert Xandl, „ein Wolf vielleicht?"

Milli schaut Xandl mit großen, ängstlichen Augen an. „Warum denn nicht?", erkundigt sie sich. „Ich geh heut nimmer heim! Ich schlaf in der Gaststube!", haucht sie.

„Am besten unterm Tisch!", kichert der Chef. „Da kann dir sicher nix passieren!"

Wuhuuhuhuuuuu! tönt es wieder aus dem Wald. Diesmal klingt das Geheul deutlich näher als beim letzten Mal.

„Uijegerl!", entfährt es dem Piccolo Xandl. „Das kommt ja immer näher, das Geheul!" Es donnert. Die Beleuchtung flackert, Milli kreischt, der Chef erschrickt darob. Die anderen Kellner und Köche kichern verlegen.

---

* Alter Ausdruck für einen sehr jungen Kellner, Übersetzung aus dem Italienischen wäre: „Der Kleine." Anm. d. Autors

Wuhuuhuhuuuuu! heult es. Kurz darauf scharrt es heftig an der versperrten Eingangstür. Dann knurrt es wütend. Kurz darauf sitzt die ganze Belegschaft des Gasthauses Schickh unter dem Tisch und schlottert. „Das ist aber jetzt nimmer lustig!", keucht Milli und krallt sich ängstlich an den Piccolo Xandl, der sich seinerseits schlotternd am Zahlkellner Eduard anklammert.

„Ist eh abgesperrt?", erkundigt sich der Chef bei Eduard. Der Herr Eduard nickt.

Das Scharren wird heftiger, leises Knurren ist zu hören. Dann klägliches Winseln und Keuchen.

„Am besten wird sein, wir verstecken uns im Lager hinten!", schlägt der Chef vor. „Da ist es sicherer als unter dem Stammtisch!" Die Belegschaft des Gasthauses nickt gottergeben. Dann machen sich alle unter dem Kommando des Chefs auf den Weg ins Lager. Das Knurren und Scharren wird nämlich wieder heftiger. „Gehen wir, bevor das Ding durch die Tür durchbricht!", kommandiert der Chef und schnappt sich eine Taschenlampe und das tragbare Transistorradio, das seit ewig in der Schublade unter der Zapfanlage vor sich hingammelt. Auch einige Kerzen und Streichhölzer sind rasch in diversen Hosentaschen verstaut. Leise schleicht das Team des

Gasthauses Schickh in Richtung Lager. Alle sind erleichtert, als die dicke Tür ins Schloss fällt. Weil der Tag sehr lange und sehr anstrengend war und weil die Aufregung sehr müde macht, fallen dem Chef, Ederl, Milli, Xandl und den anderen Kolleginnen und Kollegen sehr bald die Augen zu. Bald tönt aus dem Lagerraum leises Schnarchen.

Es ist ein Bübchen?

Als am Morgen Pumpern und dumpfe Rufe ins Lager tönen, werden alle wieder wach. „Hallo!", ruft es. „Wirtschaft!", brüllt es fast kläglich. Vorsichtig öffnet der Chef die Tür des Lagers und späht in den halbdunklen Gang.

„Was ist denn?", tönt es von draußen. „Kundschaft!" Der Chef erkennt die Stimmen. Es sind die Herren Bladerl und Spätwieser. Sie kommen jeden Morgen auf einen Kaffee und ein paar Geschichten von früher, als sie noch heldenhafte, weil freiwillige Feuerwehrmänner gewesen sind. Alle Angestellten können diese Geschichten mittlerweile auswendig mitsprechen, aber die Herren Bladerl und Spätwieser sind begnadete Erzähler, deswegen hört man ihnen gerne zu. „Seid's krank?", greint nun Spätwieser schon leicht grantig. „Oder freut es euch heute nicht?"

„Komme schon!", ruft der Chef noch ziemlich matt. Er sperrt die Tür auf und öffnet sie hastig. Vor der Tür stehen unter ihren Gamsbarthüten und in ihren Lodenmänteln die Herren Bladerl und Spätwieser, und zwischen den Herren steht ein rundlicher, bloßfüßiger und rotbäckiger Knabe in kurzen Lederhosen und einem karierten Hemd. Der Knabe macht große, freundliche Augen und schnauft aufgeregt. „Enkerl?", erkundigt sich der Chef.

Die Herren schütteln den Kopf. „Der Bub ist vor der Tür gesessen!", erklärt Herr Bladerl.

„Ist aber ein herziges Buberl!", findet Herr Spätwieser. „Und so artig!" Der Knabe beginnt freundlich zu hecheln.

„Deine Tür gehört übrigens gestrichen!", findet Herr Spätwieser. „Die Kratzer sind echt hässlich!"

Der Knabe schluchzt.

Der Chef besieht sich die Kratzer an seiner Tür und ihm wird ein wenig schwummrig. Tiefe Kratzer, wie von Krallen, sind an der Tür zu sehen. „Gut, dass wir nicht aufgemacht haben!", brummt er, mehr zu sich. Dann wendet er sich dem Buben zu. „Wie heißt du denn, Kleiner?", erkundigt er sich. Der Knabe blickt ihn gelehrig an und zeigt ihm seine Halskette. An der Halskette befindet sich ein kleiner emaillierter Anhänger. Auf dem Anhänger steht in klarer Schrift: „Möpsi."

„Heißt du am Ende Möpsi?", will Herr Bladerl wissen.

Der Knabe nickt und gibt schmatzende Geräusche von sich.

„Komischer Name!", findet der Chef.

Möpsi dreht den Anhänger um. „Wurdelak, Peterwardein", steht darauf zu lesen.

„Wurdelak?", ruft Herr Spätwieser.

Möpsi nickt und gibt lustige Geräusche von sich. Es klingt wie übermütiges Kläffen. „Mir scheint, der Bub gehört zu den Wurdelaks. Das waren eher komische Leut!"

Der Knabe tanzt übermütig um die drei Herren.

„Aus!", ruft Herr Bladerl, dem der Knabe komisch vorkommt. Augenblicklich bleibt Möpsi stehen.

„Sitz!", versucht Herr Bladerl ein zweites Mal sein Glück. Möpsi setzt sich.

Spätwiesers Mund öffnet sich und wird sich in den nächsten Minuten auch nicht mehr schließen.

„Aber die Wurdelaks wohnen nimmer da, die sind nach Wien gegangen!", ruft Herr Bladerl.

Möpsi winselt.

„Du musst dann halt auch nach Wien!", erklärt Bladerl

dem traurigen Möpsi. „Wien ist in dieser Richtung! Zirka zweiundachtzig Kilometer!", erklärt Herr Bladerl und deutet in südöstliche Richtung.

Möpsi zuckt mit den Schultern und beginnt zu schluchzen.

„Aber von Krems geht eh die Bahn!", tröstet ihn Herr Spätwieser, der seine Sprache wiedergefunden hat.

Jausenzeit

„Jetzt trinken wir einmal einen guten Kaffee!", brummt Herr Bladerl und schiebt Möpsi und Freund Spätwieser am Chef vorbei ins noch unbeleuchtete Gastzimmer. „Und vielleicht macht uns der Chef ein Paar Würstel!"

Der Chef nickt und Möpsi hat, nachdem das Wort „Würstel" fiel, wieder einen sehr fröhlichen Blick. Dieser Blick ist dem aufmerksamen Herrn Bladerl nicht entgangen. „Magst auch ein Paar Frankfurter?", fragt er Möpsi. Der nickt begeistert und beginnt freudig erregt zu schnaufen. „Also dann! Zwei Kaffee, drei Paar Frankfurter und ein Kracherl extra für den Möpsi!" Spätwieser und Bladerl stellen sich an die Schank und Möpsi wird auf einen Barhocker gehievt. Aufgeregt wetzt Möpsi mit seinem Lederhosenhintern auf dem Barhocker hin und her. Der Duft der Frankfurterwurst steigt ihm in die Nase. Er beginnt, lustig vor sich hinzusingen. Endlich werden die Würste serviert und noch bevor Herr Bladerl oder Herr Spätwieser zugreifen können, hat Möpsi die Würste hinuntergeschlungen. Auch der Korb mit den drei ofenfrischen Semmeln ist in Windeseile geleert. „Hmmmmmmm!", brummt Möpsi vergnügt. „Sähr gutt! Wurst!"

„Es spricht!", bemerkt der Wirt und Bladerl und Spätwieser ordern noch zwei Paar Frankfurter für sich. „Dem Möpsi gibst du keine Wurst mehr, am Ende wird ihm schlecht!"

Möpsi blickt darob verdrossen.

Bladerl und Spätwieser erhalten ihre Würste und machen sich daran, diese zu verspeisen.

Möpsi beginnt leise vor sich hinzuschluchzen und nimmt rotzend, aber mit einem winzigen Anflug von Heiterkeit nach und nach vier Stück Wurstzipfel entgegen. „Eisenbahn?", fragt Möpsi die beiden Herren.

Spätwieser und Bladerl nicken und deuten über ihre Schultern. „Da fährt die Bahn! Gleich vor dem Haus! Nach Krems oder nach St. Pölten! Aber du musst nach Wien, kleiner Mann!", erklärt Spätwieser dem Knaben, der es erstaunlicherweise schafft, sich mit seinem linken Fuß hinter seinem linken Ohr zu kratzen.

„Komischer Bub!", denkt sich Bladerl. „Am vernünftigsten wird sein, wenn wir ihn nach Krems zur Bahn bringen!", findet Bladerl. „Dann setzen wir ihn in den Zug nach Wien und dann muss er halt die Wurdelaks finden!"

Der Chef und Spätwieser nicken. „Ich zahl ihm die Fahrt!", ist der Chef großzügig. Außerdem ist ihm der Knabe unheimlich, weil der Knabe jetzt hechelt wie ein Hund und der Chef ist froh, wenn das seltsame Bübchen bald weg ist. „Aber wie findet er die Wurdelaks in Wien?"

Die Herren schweigen. Daran haben sie nicht gedacht. Was soll denn das arme Buberl in Wien machen, ganz allein, am Franz-Josefs-Bahnhof. Ohne Geld und ohne Familienanschluss. „Gib uns noch jedem einen Kaffee, damit wir einen guten Humor kriegen!", bricht Herr Bladerl das brütende Schweigen.

„Traritrara, die Post ist da!", tönt es plötzlich in der Gaststube. Es ist die Briefträgerin. „Die Post, Herr Wirt, und für mich einen Kakao!" Es klingt wie „Gaugau".

Möpsi knurrt reflexartig und fletscht seine Milchzähne.

Spätwieser und Bladerl erschrecken zugleich und haben, ebenfalls synchron, eine richtig tolle „Hirnidee". „Frau Schmattes, Frage!", wendet sich Herr Bladerl der reschen

Briefträgerin zu. „Die Wurdelaks, wohin kriegen denn die ihre Post nachgeschickt, beiläufig?"

Die Briefträgerin schaltet um auf „würdevolle Beamtin".

„Wer lässt fragen?", näselt sie.

„Der junge Mann da!", erklärt Spätwieser und deutet auf Möpsi, der die Briefträgerin freundlich angrinst.

„Mei, ist der lieb!", flötet Frau Schmattes: „Wie heißt er denn?"

„Möpsi, bin ich!", erklärt Möpsi freundlich. „Gehöre Vlad Wurdelak und habe mich verlaufen, ist aber schon einige Zeit her!"*

Frau Schmattes ist sofort gerührt. „Na, das haben wir gleich! Ich ruf einfach am Postamt an! Dort gibt es sicher Information über den Verbleib der Familie Wurdelak!" Dann wendet sie sich leiser an Bladerl und Spätwieser. „Aber komisch waren die schon irgendwie, die Wurdelaks, oder?" Sie zieht ihr Handy aus der Uniformjacke und beginnt zu telefonieren. Der Chef und die Herren Bladerl und Spätwieser nicken, weil sie ebenfalls finden, dass die Wurdelaks irgendwie komisch waren. Möpsi kratzt sich am Lederhosenhintern. Er blickt verzückt. „Wird schon werden!", befindet Herr Bladerl. Spätwieser und der Chef nicken.

---

* Eh nur 294 Jahre! Anm. d. Autors

Super, Gscherter!

Franz Josef Wurdelak ist unzufrieden. Nicht unbedingt mit sich, aber so ziemlich mit dem Rest der Welt. Der erste Grund für seinen Grant heißt Kratochwil und ist Fußballtrainer. Der zweite Grund ist der Spitzname, den ihm Trainer Kratochwil verpasst hat: „Gscherter." Ein ziemlich abfälliger Ausdruck, den Wiener für Leute benutzen, die „vom Land" sind. Und für einen „gestandenen" Wiener sind alle Leute, die nicht aus Wien sind, in irgendeiner Form „vom Land" und deswegen irgendwie arm und eben auch „gschert". Geschoren, so heißt „gschert" auf Hochdeutsch, waren früher die Bauern. Die haben sich von den feinen, langhaarigen oder Langhaarperücken tragenden Stadtbewohnern dadurch unterschieden, weil sie kurz geschorene Haare hatten, also „gschert" waren. Obwohl Trainer Kratochwil das Wort „Gscherter" nicht wirklich unfreundlich benutzt und dabei auch nicht spöttisch aus seinem Trainingsanzug blickt, so hat das Wort für Franz Josef irgendwie einen unangenehmen Klang. Aber nicht einmal Ferdl versteht Franz Josefs diesbezüglichen Gram. „Was soll denn ich sagen! Zu mir sagt er ‚Abzwickter', weil ich halt der Mannschaftszwerg bin, aber mich stört das nicht mehr! Ich trag den ‚Abzwickten' mittlerweile eher als Auszeichnung!" Das versteht Franz Josef nicht. Franz Josef findet, dass er eben „Franz Josef" heißt und nicht „Gscherter".

Ferdl ist …

Kofi ist …

Gustl ist ...

Franz Josef Wurdelak ist ...

Deswegen strengt sich Franz Josef im Training auch doppelt an, weil er glaubt, dass der Trainer Kratochwil ihn dann nicht mehr „Gscherter" nennen wird, sondern irgendwie anders, irgendwie toller, fetziger oder cooler. Aber so sehr sich Franz Josef bemüht, so sehr er Gas gibt, dribbelt, passt, flankt oder im Training ein Tor nach dem anderen schießt, der Trainer Kratochwil sagt nie: „Super, Franzi!" oder „leiwand, Pepi!" oder „klass, Geschwinder!" Nein! Immer wieder hört er nur: „Super, Gscherter!" oder „leiwand, Gscherter!" oder „klass, Gscherter!" Franz Josef kann es nicht mehr hören. So macht ihm das Fußballspielen bald keinen Spaß mehr und weil ihm das Fußballspielen keinen Spaß mehr macht, ist Franz Josef zu Hause auch ziemlich unerträglich. Wegen jeder Kleinigkeit bricht er einen Streit mit seiner Schwester Ludmilla vom Zaun. Gestern war es dann endlich so weit. Gestern hat Franz Josef das Fass zum Überlaufen gebracht. Lustlos ist er vor einem Kreuzworträtsel gesessen und hat ewig über ein „Tierisches Produkt" mit zwei Buchstaben nachgedacht und über den „Lebenssaft" mit vier Buchstaben. Er ist im Kinderzimmer an seinem Schreibtisch gesessen und hat leise vor sich hingeknurrt, während Ludmilla, ohnehin mit Kopfhörern, E-Gitarre geübt hat, weil sie befunden hat, dass die Gitarristin

62

einer Punkband zumindest drei, vier Gitarrengriffe können muss. Außerdem hat ihr Freund Ferdl eine Bongotrommel und hat gemeint, er könnte sie ja begleiten, wenn sie ihr erstes Lied spielen kann. Jetzt übt Ludmilla das Lied „Get Back" von den „Beatles", weil man da für die Begleitung nur zwei Griffe braucht. So steht es zumindest in dem Gitarrenbuch, das sie sich in der Bücherei in der Engerthstraße ausgeborgt hat. Natürlich ist es nervig, stundenlang das gleiche Lied zu hören. Natürlich kann das eher holprige Geschraddel auf der Gitarre nerven, aber dafür benutzt Ludmilla ja schließlich Kopfhörer und summt nur leise die Melodie mit. Aber auch das leise Gesumme Ludmillas klingt für Franz Josefs musikalische Ohren zwar beherzt, aber entsetzlich. Aber dass Franz Josef plötzlich aufspringt, sein Kreuzworträtselheft nach Ludmilla schleudert und lautstark droht, ihr die Gitarresaiten mit seinem Taschenmesser durchzuschneiden, ist irgendwie übertrieben. Das findet auch Ludmilla und versetzt ihrem Bruder deswegen ein paar Ohrfeigen. Die Ohrfeigen bewirken, dass Franz Josef spitze Ohren bekommt, seine Fangzähne nach vorne schnellen und seine Fingernägel lang und spitz werden, er wütend faucht und hernach seine Schwester als „eine schaumäschige Schängerin und schuperschleschte Gitarrischtin!" beschimpft. Das kann sich Ludmilla nun schlecht bieten lassen. Sie beginnt ebenfalls zu pfauchen, die Haare stehen ihr zu Berge und auch ihre Fangzähne schnalzen lang und spitz nach vorne. „Jetzt mach ich ein Krenfleisch aus dir, Brüderlein!", brüllt sie.

„Und isch ausch dir ein Gulasch!", kreischt Franz Josef und wirft sich auf seine überraschte Schwester.

Die kippt nach hinten und stolpert über ihren Gitarrenverstärker und die daran angelehnte Gitarre. Es ertönt ein lautes SCHABROONK und die Gitarre bricht in zwei Teile, in Gitarrenkörper und in Gitarrenhals.

„Hahaa!", brüllt Franz Josef. „Jetscht isch endlisch Ruhe!" Dann schließen sich Ludmillas Klauenhände um seinen Hals und beginnen ihn heftig zu schütteln. „Zschu Hilfe! Mörder!", brüllt Franz Josef.

„Kleiner Fetzenschädel!", brüllt Ludmilla und beutelt Franz Josef wütend weiter. Kurz bevor sie beginnen kann, Franz Josef nach allen Regeln der Kunst abzuwatschen, öffnet sich die Tür.

Opa Wurdelak steht plötzlich im Zimmer. Er zieht Ludmilla an einem Ohr und packt Franz Josef an der Nase. „Was ist los mit euch zwei Gfrastern?", knurrt er. „Frau Anna kann nicht schauän Sendung mit Liebe, Schmalz und Herzblut und ich kann nicht schlafän. Der Lärm tönt bis in den Sarg, der wo steht im Kabinätt!" Ludmilla lässt Franz Josef los, der kurz im Kreis taumelt und dann zu Boden fällt und schluchzt.

„Der Gnom hat meine Gitarre ruiniert!", ruft Ludmilla empört. „Die war nicht billig!"

„Das Geklimper war unerträglich!", rotzt Franz Josef. „Echt ätzend!"

Opa Wurdelak begutachtet die Gitarre und den Verstärker und legt dann das zerbrochene Instrument vorsichtig auf Ludmillas Bett. „Die Klampfän ist hin!", befindet er fachmännisch. „Abär Gitarrä man kann ersetzän! Was ist mit dir Franz Josäf? Du kommst mir vor seit ein paar Tagän wie verwandält! Du bist ein richtiger kleiner Wüterich gewordän!"

Franz Josef zuckt mit den Schultern und schluchzt weiter.

Da wird selbst Ludmilla weh ums Schwesterherz. „Was ist los mit dir, Brüderlein?"

Franz Josef steht vom Boden auf und schleppt sich zum Bett. Er bctrachtet die Gitarre und beginnt erneut zu heulen. „Das mit der Gitarre tut mir leid, ich spar dir auf eine neue!", greint er herzerweichend.

„Vergiss die Gitarre, was ist mit dir?", fordert Ludmilla eine Erklärung. „Ich erkenn dich gar nicht wieder!"

Franz Josef atmet tief ein und beginnt zu erzählen. Zuerst stockend und schluchzend, aber dann immer flüssiger und vor allem immer wütender. Seinen ganzen Frust redet er sich von seinem Herzen. Er berichtet empört vom Training, vom Trainer Kratochwil, der ihn immer als „Gscherter" bezeichnet und wie sehr ihn das kränkt.

Beim Wort „Gscherter" zuckt Opa kurz zusammen, dann beginnt er zu lächeln und ist offenbar gut gelaunt. „Na, da gratuliere ich abär zu so einäm Ehrentitäl!", sagt er sichtlich stolz und klopft seinem Enkel auf die Schulter.

Der schaut seinen Opa an wie ein Auto und äußert lautstark seine Bedenken bezüglich Opas Geisteszustand. „Was heißt ‚Ehrenname', Opa? Das ist doch kein Ehrenname, klingt eher nach Spott und Hohn!", knirscht Franz Josef mit rauer Stimme.

Opa Wurdelak legt einen Arm um des Enkels Schulter und sagt mit ernster, aber stolzer Stimme: „Jetzt sag bloß, du hast noch nie gehört von Ernst Melchior. Dem großen Fußballspielär Ernst Melchior, nach dem man benannt hat sogar eine Gasse im zweiten Bezirk, ganz in der Nähe?"

Franz Josef schüttelt den Kopf. Ludmilla wundert sich.

„Und weißt du, wie man den großen Fußballspielär Ernst Melchior genannt hat, ha?"

Franz Josef zuckt mit den Schultern.

„Richtig!", schnarrt Opa Wurdelak und sticht mit seinem rechten Zeigefinger ein gewaltiges Loch in die Kinderzimmerluft. „Auch den großän Fußballspielär Ernst Melchior nanntä man den ‚Gschertän'!"

Franz Josef gelingt ein vorsichtiges Grinsen. „Und wann und wo hat der gespielt?", will er von Opa wissen. „Ist langä Geschichtä!", erklärt dieser.

„Wir haben eh Zeit!", erklären Franz Josef und Ludmilla, weil sie jetzt wirklich neugierig sind.

Möpsi auf großer Fahrt

„Tatacktatack, tatacktatack, tatacktatack", so klingt es in Möpsis Ohren, wenn der „Citywiesel" von Krems nach Wien rattert. Möpsi sitzt in der oberen Etage des Zuges und genießt die prächtige Aussicht auf den Wagram, das Tullnerfeld und das Tiermagazin, das ihm die Herren Spätwieser und Bladerl zusätzlich zu den zwei Leberkäsesemmeln und den zwei Dosen Limonade gekauft haben. Er freut sich, dass er im Warmen sitzt, und schließt genießerisch die Augen. Seit fast dreihundert Jahren findet er nun schon nicht mehr nach Hause, seit sein damaliges Zuhause in der Schlacht um Peterwardein zerstört wurde. Er kann sich erinnern, als wenn es gestern gewesen wäre. Sein Herrchen Vladimir Wurdelak, der Sohn Goran und seine Freundin Hertha, die immer einen Wurstzipfel für ihn übrig gehabt hat, auf der Flucht vor den Belagerern. Der geheime Tunnel und die Explosion, die zum Einsturz des Tunnels geführt hatte. Fast wäre er verschüttet worden, aber er ist in Richtung Wirtshaus davongelaufen und der Teil des Ganges hat zum Glück gehalten. Er hat Vladimir noch seinen Namen rufen gehört, aber eine Wand aus Geröll und Erdreich hat ihm, Möpsi, den Weg versperrt und auch Vlad Wurdelak konnte nicht zu seinem treuen Werwolf gelangen. Möpsi seufzt. Die

Erinnerung an damals macht ihn traurig, aber gleichzeitig freut er sich auch auf das Wiedersehen mit Vladimir Wurdelak, Goran und Hertha. „Werden Kinder da sein?", fragt sich Möpsi besorgt, da er vor Kindern ein bisschen Angst hat. „Sicher werden Kinder da sein, aber auch Herr Vladimir, der mich beschützen wird, wenn mich die Kinder ärgern wollen!", beruhigt sich Möpsi. Fast dreihundert Jahre Suche werden nun bald zu Ende sein, dreihundert wechselvolle Jahre. Zuerst als Maskottchen am Hofe diverser Sultane, danach die gelungene Flucht, leider in die völlig falsche Richtung, bis er in der Nähe von Iskenderun einem älteren, fast zahnlosen Vampir begegnet ist, der ein entfernter Bekannter von Valdimir war. Er kannte Vladimir von der Zeit, als Vladimir ein junger Knappe während eines der letzten Kreuzzüge gewesen war. Von dort war Vladimir nämlich einfach abgehauen, weil ihm das Morden, Rauben und Brandschatzen der marodierenden Kreuzfahrer einfach zu viel war. Dieser ältere Vampir, übrigens wirklich einer der letzten Vollvampire, der sich „Sir Robert" genannt hatte, hat Möpsi erzählt, dass sich Vladimir Wurdelak in Österreich aufhält. „Ganz in der Nähe von der Burg Dürnstein an der Donau. Wo sie seinerzeit den seltsamen König Löwenherz gefangen gehalten haben, was haben wir gelacht!", hat Sir Robert dem staunenden Möpsi erzählt. „Vlad und ich sind die ganzen Jahre über in ständigem Briefkontakt gewesen, der gute alte Vladi!" Möpsi hat Sir Robert staunend zugehört. Plötzlich machte Sir Robert große Augen und keuchte: „Schau mal, der schöne Sonnenaufgang!", dann war es um Sir Robert geschehen gewesen, er war zu einem Häufchen Asche zerfallen; Möpsi zog weiter. Richtung Schwarzes Meer, Richtung Donaudelta, Richtung Dürnstein, Richtung Kleinwien. Nur ganz knapp hat Möpsi die Wurdelaks verpasst. Denn im Vergleich zu fast dreihundert Jahren, da sind ein paar Monate eigentlich gar nichts. Höchstens ein paar Sekunden. Möpsi kann sein Glück gar nicht fassen, dass er die beiden Herren Spätwieser und Bladerl gefunden hat. Die beiden haben ihn auf den rechten Weg gebracht, mit Hilfe der Postlerin Schmattes. Jetzt hat er in seiner Lederhosentasche auch einen Zettel mit der neuen Adresse der Familie Wurdelak und ist obendrein stolzer Besitzer eines Zwanzigers fürs Taxi. „Nächster Halt ist Wien-Heiligenstadt", tönt es aus dem Lautsprecher. „Jetzt bin ich gleich da!", brummt Möpsi zufrieden und beißt krachend in die zweite Leberkäsesemmel, die er sich so lange als möglich aufgehoben hat. Warm ist sie nicht mehr, die Semmel, aber dafür wohlschmeckend. „Ist wie Götterspeise!", haucht Möpsi selig und gelobt, dass er den Rest seines irdischen Lebens nur mehr Leberkäsesemmeln zu sich nehmen wird. Leberkäsesemmeln mit Fächergurkerl!

Frau Helsingers Plan

Endlich ist es in der Wohnung der Wurdelaks ruhig. Opa Wurdelak atmet tief durch: „Es ist sähr gut, wenn die Jugänd arbeität oder in die Schulä geht! Weil dann ist Ruhä im Gebälk, stimmt's, Putzi?"

Anna Zissersdorfer, Opas Verlobte, nickt und stellt wieder Teewasser zu. „Aber ich habe es auch sehr gerne, wenn es ordentlich herumwuselt!", erklärt Anna. „Es sind ja alle sehr lieb!"

Opa schnauft und beißt knurrend in einen Krapfen. „Lieb, abär laut, Putzi!", verkündet er mampfend. Dann seufzt er behaglich und nimmt sich die Zeitung vor, zuerst den Sportteil, dann die Kultur und zum Schluss die Politik. Anna schnappt sich den Wirtschaftsteil und die Chronikseiten und so kommen beide gemütlich zu einem zweiten Frühstück.

Aber ein paar Wohnungstüren weiter hat jemand finstere Pläne. Durch den ganzen zweiten Stock tönt diabolisches Kichern.

Während Anna Zissersdorfer und Opa gemütlich frühstücken, hat Frau Helsinger endlich Zeit gefunden, etwas gegen die Familie Wurdelak zu unternehmen. Endlich! Denn Frau

Helsingers Zeit ist begrenzt. Zuerst, frühmorgens, muss sich Frau Helsinger über „überhaupt alles" aufregen. Wenn sie damit fertig ist, findet sie Zeit, mehr ins Detail zu gehen. Dann sind die lauten Nachbarskinder dran, vor allem die, die „vom Balkan" oder „sonst wo von die Wilden" kommen und die, „die was bitte überhaupt kein gutes Deutsch nicht können". Dann verfasst sie Leserbriefe an ihre Lieblingszeitung, die sich ebenfalls über „überhaupt alles" aufregt, um ihrem Ärger über „überhaupt alles" auch in schriftlicher Form Ausdruck zu verleihen. Das erleichtert Frau Helsinger ungemein. Dann muss der runde Hund dringend raus, weil die Aufregungen des Frauerls den Hundestoffwechsel ungemein beflügeln und Frau Helsinger keucht mit dem Hund zum Kinderspielplatz, damit der Hund dort die Sandkiste mit seinem persönlichen Luxusklo verwechseln kann. Idealerweise steigt Frau Helsinger auf dem entbehrungsreichen Heimweg noch in ein Hundstrümmerl von der Konkurrenz und kann sich dann über die „Saubartln" aufregen, die natürlich nur die anderen Hundebesitzer sind, weil sie ihre Hunde auf den Gehsteig und nicht in die Sandkiste kacken lassen. Auf dem weiteren Heimweg bleibt sie noch bei der Trafik stehen, um sich mit bunten, reich bebilderten Zeitschriften über reiche und schöne Menschen zu versorgen, damit sie sich dann den Rest des Vormittages über eben jene erregen kann. Nein, Frau Helsinger hat es nicht leicht und muss sich ihre Zeit gut einteilen. Aber heute ist es so weit! Heute wird sie endlich den Brief schreiben, den sie schon seit Wochen schreiben will. Eigentlich will sie den Brief schreiben, seitdem sie die Familie Wurdelak kennt. Schon der Name „Wurdelak" macht Frau Helsinger Gänsehaut. „Weit sind wir gekommen in unserem Bau!", erregt sie sich mit bebendem Doppelkinn, während die Trafikantin ergriffen nickt, während Frau Helsinger die Zeitschriften und die Briefmarke bezahlt. Aber der Tag der Abrechnung ist gekommen, heute wird sie einen Brief an die Magistratsabteilung 4711 schreiben. Die „Abteilung für Gezücht und Gewürm" wird den Brief von Frau Helsinger erhalten. Diese Abteilung hat zwar nichts mit Frau Helsingers Begehr zu tun, aber der Vorsteherstellvertreter ist ein entfernter Neffe von Frau Helsinger und ein ebensolcher Geistesriese wie Tantchen. Daher wird der treue Neffe den Brief sicher „den richtigen Stellen und Organen vortragen". Genau darum ersucht Tante Kriemhilde, so heißt Frau Helsinger markig mit Vornamen, ihren Neffen in dem Brief. So kann es wirklich nicht weitergehen mit den Ausländern und dem ganzen zugereisten Gesindel, welches Frau Helsinger unablässig „auf Leib und Leben" bedroht. „So, das wär's!", zischt sie und grinst ungefähr so freundlich wie eine hungrige Hyäne. Dann leckt sie genussvoll die Marke und den Klebestreifen des Briefkuverts ab und beginnt dämonisch zu kichern. Plötzlich nimmt sie gewaltigen Radau wahr, der eindeutig aus der Richtung der Wurdelakwohnung kommt. Es ist ein Gebrüll und ein ... Gebell? Ja, ein Gebell und ein Freudengebrüll, dann ein Freudengebrüll, das in ein Gebell übergeht, und zum Schluss fröhliches Gejaule. Frau Helsinger versteht nur: „Möpsi!" und „Bist du abär gewachsän!" Frau Helsingers Hund ist erregt. Frau Helsingers Hund pinkelt, weil er sich erregt, auf das spinatgrüne Linoleum. „Na geh, Hermanndi!", röhrt Frau Helsinger und ... regt sich fürchterlich auf.

Ein Werwolf kehrt heim

Das Taxi hält vor dem Hubert-Landei-Hof und der Taxler ist erleichtert, dass er den seltsamen Fahrgast endlich los ist. Bloßfüßige Bübchen in kurzen Lederhosen, die rot-weiß karierte Hemden tragen, gibt es nur in den Filmen, die sich seine Oma und sein Opa am Samstag und Sonntagnachmittag im Fernsehen anschauen und sich dabei lauthals schnäuzen und abwechselnd dem Förster oder dem Wilderer die Daumen drücken.

Möpsi steigt aus dem Taxi, ohne das Wechselgeld zu nehmen, da er nicht einmal weiß, was Wechselgeld überhaupt ist. Er studiert den Zettel, auf dem die Adresse steht, die die Briefträgerin Schmattes in Kleinwien herausgefunden hat. „Stiege 11, dritter Stock!", brabbelt Möpsi halblaut. Er beobachtet eine ältere Dame mit einem dicken Hund, der soeben sein Geschäft in die Sandkiste verrichtet. Hund und Frauchen sind in grünen Loden gewandet. Frauchen trägt einen Gamsbart. „Hermanndi, hopphopp!", treibt die Frau ihren Hund zur Eile an. Aber der Hund hat Möpsi gesehen und beginnt Möpsi anzuknurren. „Hermanndi, aus!", zischt die Frau und fordert Möpsi barsch auf, nicht so „kreuzblöd" aus der Wäsche zu schauen. Möpsi bemüht sich der Aufforderung nachzukommen und blickt stattdessen suchend um sich. „Fünf, sechs, siebän!", beginnt er die Nummern über den Hauseingängen abzulesen. Dann macht er sich auf in die Richtung, in der er die Stiege 11 vermutet. „Acht, neun, zehn … ELF!", brüllt Möpsi und kann sein Glück nicht fassen. Nach all den Jahren wird er endlich sein Herrchen wieder sehen. Sein geliebtes Herrchen. Möpsi ist aufgeregt. Wie wird Vladimir Wurdelak aussehen, wird er sich sehr verändert haben? Schließlich ist Möpsi ja auch gewachsen. Die Lederhose sitzt schön langsam schon ein wenig zu stramm. Wird sich Vladimir Wurdelak auch freuen? Wird es Wurst geben? Oder noch besser, Leberkäse? Mit Fächergurkerl? Der Gedanken an seine neue Leibspeise lässt Möpsi aufgeregt schnaufen. Wieselflink geht Möpsi in Richtung Elferstiege, blöderweise geht auch die Frau mit dem dicken Hund in die gleiche Richtung. Möpsi beobachtet die Frau. Sie sperrt die Haustür der Stiege elf auf und zerrt den Hund in den Hausgang. Möpsi wartet, bis sich die Tür wieder schließt. Sicherheitshalber wartet er ein paar Minuten, Frau und Hund sind ihm unheimlich, vor allem der Hund, der ihn so unfreundlich angeknurrt hat. Schließlich hält es Möpsi nicht mehr aus. Er geht zur Haustür und läutet bei der richtigen Türnummer. Schließlich summt es und Möpsi erschrickt, weil das Summen in seinen Ohren sehr laut klingt. Möpsi hüpft erschrocken zurück.

„Hallo! Wer ist da, bittä?", hört er die vertraute Stimme seines Herrchens durch den Lautsprecher der Gegensprechanlage.

Als Möpsi die vertraute Stimme vernimmt, fasst er wieder Mut und läutet erneut. „Wer ist da, Herrschaftszeiten!", knurrt es nun aus aus dem Lautsprecher. Möpsi fasst sich ein Herz und haucht schüchtern: „Möpsi!" Dann ist es still. Plötzlich brüllt es lautstark: „Joi, Möpsi, du bist es wirklich!" Dann summt es noch einmal und Möpsi drückt vorsichtig die Haustür auf. Er betritt den Gang der Elferstiege und hört, wie ein paar Stockwerke über ihm eine Tür aufgeht. „Mööööööpsiiiiii!", hallt es durch das ganze Haus. „Mööööpsiiiiii, ich freuä mich!"

Möpsi beginnt freudig zu winseln und rennt auf die Stimme zu. „Herr Wurdelak, Herr Wurdelak!", jault er und endlich fällt er seinem Herrchen um den Hals. Es ist ein Gebussel und ein Gebrüll, dass es eine wahre Freude ist. Nach ein paar Minuten zieht Opa Wurdelak Möpsi bei der Tür rein und freut sich, zusammen mit Anna Zissersdorfer, die ihren Vladimir noch nie so glücklich gesehen hat. Endlich sitzen Anna Zissersdorfer, Opa Wurdelak und Möpsi rund um den Esstisch. „Möpsi, mein Bub, du wirst sichär Hungär habän, oder?", erkundigt sich Opa Wurdelak besorgt. Möpsi nickt.

„Was magst du denn gerne?", will Anna wissen.

Möpsi leckt sich vor lauter Vorfreude die Lippen und haucht schwärmerisch: „Leberkäse, mit Gurkerl, oder sonst Wurst!"

Anna kichert: „Ihr habt euch sicher eine Menge zu erzählen, ich geh um einen Leberkäse!"

Opa nickt ergriffen und Möpsi bemüht sich, nicht zu sabbern. Als Anna Zissersdorfer die Wohnung verlassen hat, fallen sich Möpsi und Vladimir Wurdelak weinend um den Hals. Dreihundert Jahre sind eine lange Zeit, überhaupt wenn man sich sehr gerne hat.

Wau!

Franz Josef Wurdelak ist mit sich sehr zufrieden. Der Trainer Kratochwil hat ihn heute mehrmals gelobt. „Bravo, Gscherter!", hat er gedröhnt oder zufrieden „Super Leistung, Gscherter!" gebrummt. Auch die anderen Mannschaftskollegen empfinden den „Gscherten" als Gewinn für die Mannschaft, und der trägt seinen Spitznamen mittlerweile mit einem gewissen Stolz, seitdem er weiß, dass es einen sehr berühmten Fußballer gegeben hat, der ebenfalls der „Gscherte" war. Das kommende Meisterschaftsspiel gegen die Truppe vom SV Essling steht bevor. Zum Glück vor eigenem Publikum, denn wenn die Esslinger zu Hause spielen, dann sind sie echt ein harter Brocken und schwer zu schlagen. Aber mit den eigenen Fans im Hintergrund wird es sicher ein spannendes Spiel. Als Franz Josef und Poidl am frühen Abend in die Wehlistraße einbiegen, ahnt Franz Josef noch nicht, dass die Familie Wurdelak seit ein paar Stunden stolzer Besitzer eines ziemlich verfressenen, aber sonst sehr herzigen Werwolfes ist, der nur in Vollmondnächten besser nicht unter die Menschen sollte, da er sonst dazu neigt, die Menschen zu verspeisen, oder zumindest anzuknabbern. In Franz Josefs Kopf dreht sich alles nur noch rund um das bevorstehende Meisterschaftsspiel.

„Die Esslinger, die sind stark!", erklärt Poidl mit ernster Miene. „Voriges Jahr haben die uns einen ordentlichen ‚Schraufen'* angehängt!" Franz Josef wischt Poidls Bedenken mit einem Handstreich weg: „Aber geh! Wirst sehen, dieses Mal verputzen wir die mit „Butz und Stingel"**!

„Man wird sehen, Alter! Man wird sehen!", seufzt Poidl und zuckt mit den Schultern.

Dann sind die Buben bei der Elferstiege angekommen und Franz Josef sperrt die Haustür auf. Schon als er die Tür öffnet, hört er laute Musik. Es ist die Musik, die sein Opa immer hört, wenn er fröhlich und traurig zugleich ist. Blasmusik aus der Vojvodina ist das, sehr rhythmisch, sehr mitreißend und für Blasmusik eigentlich ziemlich cool. Das findet auch Franz Josef. „Hat irgendwer Geburtstag?", fragt er sich im Stillen. „Werden Opa und Anna am Ende heiraten?", fragt er sich erneut, diesmal halblaut. Er beschleunigt seinen Schritt in Richtung Lift. Er betritt den Aufzug und drückt auf den Dreier für den dritten Stock. Der Fahrstuhl setzt sich ruckelnd in Bewegung. Die Musik wird von Stockwerk zu Stockwerk lauter.

---

* Der „Schraufen / Schraufm" ist eigentlich wienerisch für „die Schraube", aber in dem Fall ist „ein Schraufen / Schraufm" eine verheerende Niederlage. Anm. d. Autors, dessen fußballerische Karriere reich an „Schraufen" war und zeitweise immer noch ist.
** Wenn man z. B. einen Apfel oder eine Birne mitsamt Kerngehäuse und Stiel isst, dann hat man sie erfolgreich samt „Butz und Stingel verputzt".

Als Franz Josef im dritten Stock aussteigt, hat er vom Lärm fast Ohrensausen. Er läutet an der Wohnungstür, aber nichts rührt sich. Er pumpert mit Händen und Füßen dagegen. Nach einigen kurzen bangen Momenten öffnet ihm sein Vater die Tür. Sein Vater ist fröhlich und beschwingt. „Komm rein, Bub! Es gibt große Neuigkeiten, du wirst schauen wie ein Auto!"

Franz Josef folgt seinem Vater in die Wohnung.

Alle Wurdelaks, auch Ludmilla, sind so was von fröhlich. Man singt, man tanzt, man schunkelt, dass es eine wahre Freude ist.

Nur am Esstisch sitzt ein untersetzter Knabe, den Franz Josef noch nicht kennt.

Aber eben genau jener Knabe ist offensichtlich der Mittelpunkt der Party. Alle paar Momente tanzt Opa Wurdelak am runden Knaben vorbei und schmatzt ihm einen Kuss auf die rote Pausbacke.

Der runde Knabe lächelt und isst zugleich und wiegt sich selig im Takt der Musik.

Schön langsam fährt Franz Josef die Musik auch in die Beine, er kann kaum noch stillhalten, er ist neugierig und will endlich wissen, wer dieser Bursche ist, der da so selig

84

vor sich hinmampft. Franz Josef setzt sich zu dem dicken Buben und greift nach einem Wurstbrot.

Der dicke Knabe knurrt plötzlich und legt die Ohren an. Dann fletscht er die Zähne und reißt Franz Josef das Wurstbrot aus der Hand.

„Aus, Möpsi!", ruft Opa, der das mitbekommen hat. „Aus und Platz!"

Möpsi erschrickt und prustet Franz Josef größere und kleinere Extrawurstteile ins Gesicht. „Ich bin Möpsi, und das ist mein Brot mit Wurst, aber ich liebe auch den Leberkäse!"

Opa drängt sich zwischen Möpsi und seinen Enkel. „Stell dir vor, Franz Josef, mein Werwolf Möpsi ist zurückgekehrt! Nach all den Jahren! Er wohnt mit mir und Anna im Kabinett!"

Franz Josef lächelt nun freundlich. Von Möpsi, dem Werwolf, hat er schon viel gehört. „Ich heiß Franz Josef!", stellt er sich Möpsi vor und schüttelt ihm die Hand. „Und Leberkäse find ich auch super! Vor allem mit Fächergurkerl und einer Schicht Küchenschaben!"

Möpsi blickt Franz Josef tief ins Auge und erklärt: „Küchenschaben sind grauslich!"

85

Dann umarmen die beiden einander und befinden, dass das nun der Beginn einer wundervollen Freundschaft werden könnte.

„Kannst du Fußball spielen?", erkundigt sich Franz Josef.

Möpsi antwortet ganz ernst: „Ich spiele mit Bällen und mit Füßen, kommt darauf an, was gerade da ist!"

„Ich habe am Wochenende Match! Wir spielen gegen die Esslinger. Kommst mit zuschauen?", fragt Franz Josef.

Möpsi bekommt wieder einen schwärmerischen Silberblick. „Und man kriegt auch Wurst oder Leberkäse bei dem Match?"

Franz Josef nickt.

„Ich komme!", ruft Möpsi aufgeweckt und greift nach einem Stück Käse.

Vor dem Schlagerspiel

Endlich ist es Samstagnachmittag, der Moment des Schlagerspiels Elektra gegen Essling ist gekommen.

Möpsi und Franz Josef sind extra früh aufgestanden und haben in der Prater Hauptallee einen kleinen Lauf zum Auflockern gemacht, wobei Möpsi nur bis zum ersten Erfrischungsstand gekommen ist, weil dort ein großes Schild aufgestellt war, auf welchem zu lesen stand: „Täglich frischer Leberkäse!"

Der Erfrischungsstand war zwar noch geschlossen, aber Möpsi war nicht von der fixen Idee abzubringen, dass eben jener Erfrischungsstand „sofort oder in den nächsten paar Minuten" aufsperren würde. Wie angeklebt ist Möpsi vor dem grün gestrichenen Standl stehen geblieben und hat sehnsüchtig geseufzt.

„Bleib halt sitzen, ich hol dich auf dem Rückweg!", hat Franz Josef gemeint und ist weitergelaufen, er wollte wenigstens bis zum Konstantinhügel kommen.

Möpsi hat genickt und ist mit großen Kulleraugen vor dem Standl sitzen geblieben.

Auf dem Rückweg war das Standl immer noch geschlossen und Möpsi hat weiter gebockt. Erst als ihm Franz Josef hoch und heilig versichert hat, dass es in der Kantine des Elektraplatzes den besten Leberkäse von ganz Wien gibt, ist Möpsi schnaufend aufgestanden und wie ein wilder in Richtung Hubert-Landei-Hof gehechelt, damit man am Ende nicht zu spät zum Spiel und vor allem nicht zu spät in die Kantine käme.

Viel zu früh betritt also die Familie Wurdelak die Sportanlage des Fußballklubs Elektra, viel zu früh, denn auch die berühmte Kantine ist noch geschlossen.

Nur der Platzwart dreht seine Runden auf dem Platz und schaut, ob alles in Ordnung ist.

„Noja, setzen wir uns halt in den Schattän!", ordnet Opa Wurdelak an.

Die Wurdelaks, gut eingeschmiert, damit sie keinen Sonnenbrand kriegen, folgen Opa auf einen gemütlichen Schattenplatz mit gutem Ausblick auf das Spielfeld.

Auch Franz Josef, der, wenn er Fußball spielt, dunkle Kontaktlinsen trägt, setzt sich zu seiner Familie, während Möpsi dem Platzwart nachläuft und ihn mit Fragen nach der genauen Öffnungszeit der Kantine nervt.

Endlich ist es so weit. Der Platzwart atmet auf und die Kantine öffnet ihre Pforten.

Möpsi ist der Erste. Er bestellt mit fester Stimme: „Leberkäse, in einer Semmel, mit Gurkerl, bitte eine gute und dicke Scheibe!"

Dann läuft er winselnd zu Opa Wurdelak, weil die Dame, die ihm die Leberkäsesemmel in die Hand drückt, blöderweise Geld dafür haben möchte. Opa drückt Möpsi zehn

Euro in die Hand und nimmt ihm das Versprechen ab, sich herausgeben zu lassen.

Nach und nach trudeln die Spieler ein und auch Trainer Kratochwil ist schon von weitem zu hören: „Na, Gscherter! Alles in der Ordnung?", brüllt er quer über den Platz, als er Franz Josef sieht. „Super, dass du deine Leute auch mitgebracht hast, heute brauchen wir im Publikum jede Stimme, damit wir gegen die Wunderkicker aus Essling ein Leiberl haben!"

Franz Josef ist stolz, dass sich der Trainer über das Publikum freut, nur Hertha und Goran Wurdelak, Franz Josefs Eltern, sind zuerst sehr wütend, weil Trainer Kratochwil ihren Sohn als den „Gscherten" anredet.

Kurz bevor sich Goran und Hertha in die bissige Version ihrer selbst verwandeln und Krallenhände und lange, spitze Fangzähne bekommen, schafft es Opa, die beiden zu beruhigen. Rasch erzählt er die Geschichte vom berühmten Fußballer Ernst Melchior, der auch der „Gscherte" genannt wurde.

Hertha und Goran stellen das Gefauche und Geknurre wieder ein und freuen sich, dass ihr Sohn mit so einem berühmten Kicker verglichen wird.

Schließlich gehen Franz Josef, Poidl, Kofi und der Rest der Mannschaft in die Kabine, da auch die Fußballbuben des SV Essling eingetroffen sind. Die blicken ziemlich finster drein, finster und siegessicher. Schließlich sind sie Tabellenführer.

Franz Josef beeindrucken die finsteren Blicke überhaupt nicht, da er die Esslinger Kicker nicht kennt, was ihm aber auffällt: Die Esslinger wirken ziemlich kräftig. Das imponiert ihm dann schon. Aber er bemüht sich, es nicht zu zeigen. In der Kabine ziehen sich alle die prächtigen rot-weißen Dressen an, zu Hause spielt die Mannschaft FS Elektra nämlich immer in Rot-Weiß.

Die Esslinger werden in Blau-Weiß antreten.

In der Kabine beschwört der Trainer Kratochwil seine Mannschaft, sich nicht vor den größer gewachsenen Esslingern zu fürchten. „Burschen, ihr seids dafür wendiger!", wiederholt er gebetsmühlenartig. „Und wenn wir verlieren, dann will ich anständig verlieren, weil aufgeben tun wir höchstens einen Brief! Wehe, wenn jemandem nach dem Schlusspfiff nicht alles wehtut, der läuft mir dann noch ein Viertelstünderl um den Platz, damit er sich das auch gut merkt!", knurrt Trainer Kratochwil. Aber wenn man genau hinsieht, dann merkt man, wie sehr er sich bemüht, nicht zu kichern. „Und jetzt raus mit euch, ihr Helden! Aufwärmen!", dröhnt Kratochwil und klatscht auffordernd in die Hände.

Brüllend laufen die Elektrabuben auf das Spielfeld. Ihr unerschrockenes Gebrüll beeindruckt sogar den Trainer der Esslinger: „Was ist denn mit denen los, haben die Gene geschluckt, oder was?"

Schön langsam baut sich Spannung auf, und das ist gut so!

Was Ludmilla besonders gut findet, ist, dass Ferdl Bumsternazl, ihr Freund, auch gekommen ist, um Franz Josef und Poidl anzufeuern.

Zweite Halbzeit

Mit hängenden Köpfen schleichen die Spieler der rot-weißen Mannschaft, „der Elektra", in die Kabinen. Verflogen ist der ganze Wagemut und statt Gebrüll ist höchstens leises Schluchzen zu hören. Leises Schluchzen und das lautstarke Aufziehen von Rotz können die Zuschauer hören, die in der Nähe des Weges zu den Kabinen stehen. Nur einer mault unzufrieden und ist eher zornig denn traurig. Franz Josef ist mit dem Verlauf der ersten Halbzeit so unzufrieden, dass er lautstark: „Zickezacke Hühnerkacke!", schreit. Die mitgereisten Esslinger Fans quittieren das mit lautstarkem Gelächter, worauf ihnen Franz Josef sowohl den Stinkefinger als auch die Zunge zeigt. Das finden die Auswärtsfans plötzlich gar nicht mehr spaßig und schicken sich an, den Frechdachs mit der Nummer neun in den Leopoldstädter Kunstrasen zu stampfen. Aber da haben sie die Rechnung ohne Möpsi gemacht. Als der sieht, dass einige Esslinger-Fans Franz Josef zu Leibe rücken, schießt er in Richtung Kabinengang, stellt sich vor Franz Josef und beginnt zu knurren. Ganz schön wütend stellt er sich den Esslingern in den Weg und fletscht die Zähne. Den Esslingern ist der knurrende Knabe unheimlich und sie beschränken sich daher auf unschöne Schmährufe und das Drohen mit den Fäusten.

Erst als Franz Josef in der Kabine verschwunden ist, verzieht sich Möpsi wieder an seinen Platz neben Opa Wurdelak, der ebenfalls lautstark die Zähne fletscht und den Esslinger-Fans zuruft, ob sie unter Umständen gerne als „Krenfleisch" oder als „Gulasch" enden wollen.

In der Kabine herrscht großes Trübsalblasen. Mit hängenden Köpfen erwarten die Burschen den Trainer Kratochwil und eine gewaltige Kabinenpredigt. Als der Trainer die Kabine betritt, ziehen die Spieler vorsichtshalber die Köpfe ein. Aber Trainer Kratochwil grinst nur. „Brav wart's ihr, Burschen! Habt's den Esslingern ein Tor geschenkt. Darüber freuen sie sich jetzt. Aber in der zweiten Halbzeit, da werden's Augen machen, oder?" Der Trainer Kratochwil blickt in sechzehn Gesichter mit weit aufgerissenen Mündern. „Na, jetzt schaut's nicht wie die Autos! Sondern spielt's euer Spiel! Wie im Training, wie immer also!"

Die Burschen nicken einander zu.

„Wovor habt's ihr Angst? Davor, dass der Ball rund ist?", knurrt Trainer Kratochwil. Aber das Knurren klingt eher aufmunternd. „Wer sind wir?", ruft Kratochwil.

„Die Elektra!", brüllen alle, auch die Ersatzspieler.

„Und wer sind die anderen?", ruft der Trainer.

„Ist uns wurscht!", antworten sechzehn Buben, die plötzlich wieder Feuer gefangen haben.

„Raus mit euch, die erste Hälfte ist Geschichte, jetzt will ich euch kicken sehen!", beendet Trainer Kratochwil seine aufmunternde Rede. Ungeduldig scharren zweiunddreißig stoppelbeschuhte Füße auf dem Kabinenboden. Dann klatscht Trainer Kratochwil in die Hände und die Mannschaft tobt aufs Spielfeld.

Möpsi und Opa Wurdelak begrüßen Franz Josef und die Mannschaft mit lautstarken Gesängen: „Hoppauf, Elektra! Gemma, Gscherter!" Das Hohngelächter der Esslinger-Fans wird von Möpsi und den Wurdelaks locker übertönt, außerdem hat Ferdl eine Vuvuzela mit, die den Rot-Weißen zusätzlich einheizt. Die Mannschaften stellen sich auf, der Schiedsrichter pfeift das Spiel an, die Mannschaft des FS Elektra hat Anstoß. Wie ausgewechselt präsentieren sich die Reihen der Rot-Weißen. Sicher führen sie den Ball, keine Spur mehr von Nervosität, fast alle Pässe sitzen. Aber auch die Esslinger sind gut aufgestellt und sie wehren sich tapfer. Aber in der dreiundzwanzigsten Minute ist es so weit. Poidl führt den Ball an der linken Outlinie entlang und sieht Franz Josef vor dem Strafraum in Lauerstellung. Poidl flankt und Franz Josef sprintet beherzt in den Strafraum und bugsiert das Leder mit einem sehenswerten Flugkopfball ins Esslinger Tor. Auf der Tribünenseite der Heimfans ist der Bär los.

Trainer Kratochwil hält es nicht mehr auf seiner Bank. „Bussi, Gscherter!", brüllt er begeistert, während sich Franz Josef vor dem Elektrafanblock galant verbeugt. Ratschen ratschen und Tröten tröten. Der Lärm ist überwältigend. Nun aber drücken die Esslinger wieder gehörig auf die Tube. Sie wollen das Spiel unbedingt gewinnen. Nur zwei Glanzparaden des Tormanns Gustl Simlinger, genannt „der Panter", verhindern die neuerliche Führung der Blau-Weißen. Aber die Mannschaft der Elektra fängt sich wieder und Kofi, der Gschmeidige, tanzt elf Minuten vor Schluss die gesamte Esslinger-Verteidigung aus und plötzlich steht es 2:1 für die Heimmannschaft Elektra. Auf den Tribünen ist wieder der Bär los, Hände klatschen, Füße trampeln und Trainer Kratochwil ist endgültig aus dem Häuschen. „Gschmeidiger, ich lieg vor dir!", brüllt er über das Feld. Aber noch ist das Spiel nicht aus. Fünf Minuten vor Spielende erobern die Esslinger im Mittelfeld den Ball, der rechte Verteidiger der Elektra fährt daneben und der Sturmtank der Esslinger, Vickerl Hawranek, läuft plötzlich alleine auf das Tor zu. Dem Innenverteidiger der Elektra bleibt nur mehr die so genannte Notbremse. Er krallt sich in Vickerl Hawraneks Trikot fest und bringt ihn zu Fall. Dem Schiedsrichter bleibt gar nichts anderes übrig, als auf den Elfmeterpunkt zu zeigen. Noch drei Minuten sind zu spielen und die Esslinger haben plötzlich die große Chance auf den Ausgleich. Der Gefoulte wird den Elfer selbst treten. Stille. Man könnte eine Stecknadel fallen hören. Kein Mucks ist von den Rängen zu hören. Vickerl richtet sich den Ball her und nimmt einen gewaltigen Anlauf. Sogar Möpsi ist ganz still, er beginnt vor lauter Aufregung an seinem Daumen zu nuckeln, während sich Opa Wurdelak die Hände vors Gesicht hält. Ferdl erklärt Ludmilla leise flüsternd, was sich da auf dem Spielfeld abspielt. Vickerl läuft an. Vickerl tritt den Ball. Ein dumpfer Knall ist zu hören. Der Ball fliegt in Richtung linkes Eck. Auch Gustl fliegt in Richtung linkes Eck. Der Ball fliegt und Gustl fliegt. Gustls Fingerspitzen berühren den Ball und der Ball … geht neben das Tor. Nun ist der Jubel grenzenlos.

„Panter, Limonade auf Lebenszeit!", brüllt Trainer Kratochwil.

Danach wirft sich die gesamte Bubenmannschaft des FS Elektra jubelnd auf ihren Tormann, dass dem die Luft wegbleibt. Der Schiedsrichter blickt auf die Uhr und lässt drei

Minuten nachspielen, aber der Sieg ist der Mannschaft von Trainer Kratochwil nicht mehr zu nehmen. Endlich pfeift der Schiedsrichter das Spiel ab. Unzählige Ehrenrunden des siegreichen Teams werden von unglaublichem Jubel begleitet und auch in der Kantine geht es heiß her. Möpsi und der Tormann Gustl liefern sich ein Würstelwettessen, welches Möpsi überlegen für sich entscheidet, weil Gustl infolge plötzlich auftretender Übelkeit ausscheiden muss und die beiden Torschützen Franz Josef und Kofi müssen unzählige Hände schütteln. Opa Wurdelak erklärt allen Anwesenden ungefähr dreihundert Mal, dass der Torschütze zum 1:1 sein Enkel ist und sein Talent geerbt hat und auch die Eltern Wurdelak und Ludmilla sind sehr stolz auf Franz Josef, der sich nun endlich und wirklich zu Hause fühlt ...

Ein paar Wochen später

Tauben flattern aufgeregt vor dem Standesamt am Brigittaplatz hin und her. Eine ziemlich lustige und ziemlich laute Hochzeitsgesellschaft hat soeben das Standesamt verlassen und macht sich fröhlich lachend und in Feierlaune in Richtung Gasthaus Kopp auf, um das Brautpaar kräftig hochleben zu lassen, und um jede Menge Blutwurst mit Sauerkraut oder goldbraun gebackene Surschnitzel zu verdrücken. Ferdls Vater, Hausmeister Bumsternazl, schießt ein Foto nach dem anderen und Goran und Hertha Wurdelak zerdrücken die eine oder andere Träne. Schließlich erlebt man es nicht jeden Tag, dass der eigene Vater oder Schwiegervater seiner geliebten Anna das Jawort gehaucht hat. Soeben ist Anna dabei, den Brautstrauß in die Menge zu werfen. Begeisterte Anfeuerungsrufe begleiten sie bei dieser sehr romantischen Tätigkeit. Sie dreht der Hochzeitsgesellschaft den Rücken zu und wirft den Brautstrauß über ihre Schulter … genau in die Hände von Ludmilla. Die errötet hold und gibt ihrem Ferdl unter großem Beifall ein dickes Bussi auf die Wange, worauf dieser ebenfalls hold errötet. Es ist eine kleine, aber sehr lustige Gesellschaft, die sich mit Vlad und Anna Wurdelak, geborene Zissersdorfer, über ihr Glück freut. Aber versteckt hinter einem Baum steht eine füllige, ältere Dame, die einen fülligen älteren Hund an der Leine führt und diese Frau freut sich nicht, obwohl sie grinst. Aber das Grinsen von Kriemhilde Helsinger ist eher teuflisch denn fröhlich. „Euch wird das Lachen noch vergehen, ihr vermaledeiten Blutsauger!" Sie kichert grässlich in den Herbstwind, die Tauben flattern erschreckt auf. Hund Hermann pinkelt …

Christoph Mauz
Blut ist kein Himbeersaft
Die Wurdelaks – Vampire wie du und ich
Ab 9 Jahren, 104 Seiten
14,5 x 20,5 cm, Hardcover
durchg. illustriert von Eric Schopf
ISBN 978-3-7074-1141-6

Hinreißend komisch und unwiderstehlich sind sie,
die Wurdelaks: Halbvampire,
denen nur dann Fangzähne wachsen,
wenn sie sich über etwas aufregen müssen.
Und das passiert den neuen Serienhelden
von Christoph Mauz ziemlich oft ...